死亡初戀

阿谷 著

死亡初戀
作者／阿谷
策劃編輯／賴百樂
美術設計／陳詩韻
出版發行／突破出版社
香港沙田亞公角山路 33 號突破青年村
電話：2632 0000　傳真：2632 0388
電郵：breakthrough@breakthrough.org.hk
網址：http://www.breakthrough.org.hk
http://www.btproduct.com
承印／海洋印務
2025 年 1 月初版 1 刷

The Death of First Love
by A Gu
First Printing, First Edition, January 2025

Printed in Hong Kong
ISBN 978-988-8846-15-3

本書經文取自《新標點和合本》，版權為香港聖經公會所有，承蒙允准採用，特此鳴謝。

誠邀閣下就突破出版社的書籍發表意見

歡迎加入突破出版社 facebook page — http://www.facebook.com/btbooks.page

本書採用環保油墨印刷

每一個
年輕人都應當
乘着夢想的
翅膀出航。
成長文學

目錄

我若能說萬人的方言，並天使的話語，卻沒有愛，我就成了鳴的鑼，響的鈸一般。

我若有天使講道之能，也明白各樣的奧秘，各樣的知識，而且有全備的信，叫我能夠移山，卻沒有愛，我就算不得什麼。

我若將所有的賙濟窮人，又捨己身叫人焚燒，卻沒有愛，仍然與我無益。

——保羅

第一篇

初戀

1

我豎一豎耳朵——這是什麼聲音？聲音隱隱約約從高處飄下，音色並不穩定，帶有試探和猶疑。

是雨的聲音嗎？要下雨了嗎？我精神為之一振。

若然是雨，隨之而來的，是空氣中味道的改變，然後是顏色的轉換；窗外的顏色會層層變化，一瞬間，更換不同的姿態，轉換顏色。當然，人是無法分辨的。人的觸覺太遲鈍了。

我仰高頭，讓鼻子盡情向四周探索——呀，果然，我的猜測沒錯，濕潤的氣氛在空氣中開始膨脹，似有還無的丁香清甜，連毛髮也感受得到。

跳上窗檯，我以最舒適的姿態坐下，預備迎接一場雨的盛宴。

這將會是一場絲絲綿綿停不下來的雨，期間會有兩三次猛烈的驟雨，最適合一隻貓在其中盡情回憶。

開始時顏色是透明，然後是如煙似霧的淡紫色，再之後是我眼瞳的顏色。當我的眼瞳和雨色彼此交融時，回憶便鮮活了，鮮活得如在眼前。

來了，那個透明的顏色，那個落下的雨腳。我興奮莫名。世人並不知道，貓最喜歡在雨中享受回憶。

那趟事件是我一生中最驚心動魄的，即使我再活下去，即使我有九條命，再也不會發生這樣恐怖的事，我保證。

為了一個人，要犧牲多少人的性命？……若不是我偶然的介入，被設計其中的每一個人，今天都不再活在世上。

配合着雨，我得儘快進入狀況。打從哪兒開始？……唔，就他吧，對，那個面容俊朗的青年男演員。

順帶一提，我是貓，我的名字叫拉撒路。

2

男演員——

他從牛頭角一座高級商業大樓走出來，停在大樓前設計時尚的公共空間。望一望天空……碎片化的天空，望不見盡頭。他拿出手機，按下「初戀」的號碼。

「喂！」對方先開聲，一把女聲。

「喂！」他也回了一聲。

「吃飯了沒有？」手機另一端問。

「現在打算去吃。吃什麼好？你有什麼建議？」

「為什麼現在才吃飯？……算了，西邊街上的……」微惱，不過還是提出建議。

「我不在裁判署，在牛頭角。」他才想起，今天請了假而沒有事先告訴女朋友。

他是一名公務員，在西區裁判署上班。

「為什麼在牛頭角？」

「我正要告訴你，Carmen，我要做明星了。」原來初戀叫 Carmen。

「什麼明星？光天白日發明星夢？」

「不是發夢，剛面試完畢，取錄了！」

於是他把來龍去脈跟 Carmen 說一遍，最後補充，道：「我本打算夢想成真才說，若不成事就算了。」

那邊靜了一會，才再響起聲音：「好端端有公務員不做……你喜歡做明星？」

「我喜歡表演，喜歡模仿。小時候，我披住爸爸理髮店的膠布扮鹹蛋超人，上鋪之後對着鏡子扮哥哥、扮偉仔。」他把預先想好的話一口氣說完，像背台詞一樣。

「做演員不一定成功，半紅不黑的藝人多的是。」Carmen 說，但聽不到男朋友的回答，知道對方心意已決。

「你做了明星，我還是不是你的初戀？」

「我跟公司說了，有女朋友，往後也不打算隱瞞。」他鄭重地回答。

「那好吧！」

「我已經有藝名。」

「叫什麼？」

「郎雄彥。」

3

鏡子——

郎雄彥透過鏡子仔細端詳。

是我嗎？真的是那個「屋邨仔」嗎？

爸爸開在屋邨地舖的理髮店，兩面牆壁都有一排鏡子。放學之後，他背着書包直接走去理髮店，做功課、煮飯、吃飯、洗碗，全都在店裏進行。爸爸喜歡吃蒸魚，前面就有街市；一星期有一兩天，爸爸會叫他去買魚蛋河、雲吞麪，麪舖在街尾，老闆娘一定會加時菜，她是理髮店的常客。

然後，他負責掃地，倒垃圾；再然後，兩父子上舖回家——總是一前一後的走着。

也是鏡子，他才知道自己長得有多像爸爸。街坊都異口同聲說他長得像爸爸，他不以為然，直到一天，他掃地，爸爸在另一端整理風筒電線……他猛抬頭——咦，怎麼我的影子跑到了對面的鏡子裏，啊，不，原來那個影子是爸爸！

他很想知道，自己長得像不像媽媽，但媽媽一早跑了，對她沒有印象，而爸爸刻意把所有和媽媽的合照都丟掉。

有一趟他去買麪，老闆娘包好外賣之後，怔怔地望着他，歎一口氣，說：

「可憐的孩子——奇怪呀，你媽媽分明貪你爸爸靚仔，怎麼捨得拋下兩個靚仔自己一走了之！」

他當然想知道自己長得像不像媽媽！如果有一天，真的是如果，在某一處和媽媽相遇，會不會有一股電流流過身體，讓他一眼就認出前面的女人是媽媽？而女人也會死命盯着他的臉不放——是我兒子，是我親生兒子，簡直和他爸爸一模一樣！

當然，這只不過是電影裏才會出現的情節。電影情節總是由許許多多的巧合和命運組合而成，如果沒有巧合和命運兩個元素，任憑編劇是莎士比亞，也寫不出觀眾會買票入場的電影。

不過，真實的人生，確實離不開巧合和命運。也是鏡子，巧合地改變了他的命運。

媽媽的離去，讓他非常心安理得地不用思考前途問題。當同學還在三心兩意，忙着選科做升學打算時，他只需要聳聳肩，半帶認真地回答老師和同學的關心查詢：

「我幫爸爸打理理髮店，爸爸是單親爸爸。」

「你要做髮型師？這個是你的理想職業？」同學再追問。

其實他不懂剪髮，他的髮由爸爸打理，爸爸的髮由爸爸自己打理。他喜歡照鏡，對着鏡子變臉，但他不好說這個就是自己的理想生活，於是說出一個更沒有理想的職業：「我的理想職業是倒垃圾。」

這樣不堪的躺平族，連鏡子也看不過眼，過來推他一把。

爸爸有一個常客是女高官。你不得不佩服英殖時代公共房屋的建設思維；建築師把最好風水的地皮開闢興建公屋，成為平民百姓的家園，讓他們和達官貴人毗鄰而居。

爸爸指着山上的豪宅跟他說：「那是有錢人住的地方。」

不錯，女高官住在山上，他住在山腳；他並不羨慕女高官住豪宅，出入不方便，而且他懷疑，應該冬冷夏熱，不及屋邨風涼水冷。

女高官的政府車隨便在理髮店前方一泊。

「叮——叮——」

女高官推開掛上「休業中」牌子的玻璃門走進來，而爸爸已預備好一切迎接她。三十分鐘，絲毫不差，女高官臉帶笑容，再上車揚長而去。滿意的髮型令她充滿自信，展開一天的衝鋒陷陣。

某天，驕陽似火，法例指定的公眾假期的一天，高官竟光臨理髮店。爸爸把「休業中」牌子轉向臨街一面時跟他說：

「女高官今天要去遊行，中途來理髮。」

哦！政府官員可以參加遊行？爸爸拿出手機，照讀：

今天要在遊行隊伍中和朋友會晤，中途來理髮。

她坐上慣例坐的位置，慣例地把黑色大皮包放在鏡子前面。透過鏡子，她慣例對坐在對面的他牽一牽嘴角。他立刻站起身，透過鏡子和對面的鏡子深深鞠躬。理髮店只能招呼高官一個客人，爸爸吩咐他不能玩手機不能對鏡扮鬼臉。每當這個時候，他的偶像就是愛因斯坦——原來時間真的是相對的。這三十分鐘比一生更漫長。好不容易，女高官起身，整理一下儀容，預備離開，推門——

叮——叮——

「出來了，出來了！」

「哎呀！」女高官大驚失色！

一羣記者早已在四圍埋伏，紛紛舉起照相機預備拍照。女高官前也不是，退也不得，失了方寸。這個時候，他抬頭往鏡子裏看，咦！黑色皮包！女高官掉下皮包呃！他立刻拿起皮包追上。

「Miss，你的皮包！」把皮包從玻璃門「攝」出去，從後遞到女高官面前。

咔嚓——咔嚓——

鎂光燈此起彼落。唉！攝影記者哭笑不得，那個皮包把女高官的臉完全遮擋住。後來有一份報章的標題竟然是：

完美的臂彎，完美的掩護。

女高官振振有詞，一口咬定從理髮店步出的人不是她。隔天，女高官差人送來一份表格，叫他申請政府的助理文員。他在裁判署上班不到半年，電影公司拿着照片找上門。

「呃，不是她！」他本能地撒謊。

「我懶理是不是她。這個肯定是你。」來人把照片往他面上做對比，指着照片中的他說：

「你有 camera face，來試鏡吧！」

「郎雄彥，埋位啦！天然呆！」場務走來叫喚他。

他從天然呆中醒過來，臨走前，不忘對鏡子揮一揮手。

4

阿拉伯公主——

「阿拉伯聯合大公國由阿布札比、夏爾迦、杜拜、阿吉曼、富吉拉、歐姆古溫、拉斯海瑪七個酋長國組成。杜拜是大公國的經濟金融中心，阿拉伯半島的交通樞紐。」Carmen 說。

「杜拜不是遍地黃沙？」郎雄彥搔頭。

「嗯？遍地黃沙嗎……好像用來賽車。超高級富豪的玩意，不是人人都可以去杜拜沙漠玩賽車的。」

「實景拍攝全部在杜拜，劇本寫的就是黃沙、黃沙和黃沙。」他確認。

郎雄彥拍了幾部戲，發覺現代的電影製作和他的理解不一樣。分工非常仔細，各有不同的專業，大部分工作在電腦上進行；電影完成又不一定排在戲院上畫，微電影多半在網路上線，還不止一個平台。

有一套電影，他的戲份在一個平台被刪除，在另一個平台又出現。郎雄彥的網絡知識非常有限，個人IG還得經理人幫忙管理。Carmen 於是抽空做男朋友的網路操作員。資料蒐集、電影流量數據都一一整理。花費的工夫可真不少，幸好 Carmen 在皮革貿易公司上班，是家族生意。

現在，郎雄彥收到劇本，第一時間便交給 Carmen。

下一部電影在杜拜取景，預計拍攝二十天。郎雄彥在電影公司也長了不少新知識——找來多少投資金額，便拍攝多少天，把投資精準地分配到拍攝天數上，一天不多，一天不少。

「噫，要不要我跟去杜拜？」Carmen 帶點撒嬌的口吻。

「不好吧！」郎雄彥遲疑，知道男演員有女朋友是一回事，親眼目睹他的女朋友是另一回事。

「公司明言，不要在拍攝現場給粉絲看見女朋友。」索性説。

郎雄彥不是盲扯的。

「女主角好像是一名日本演員，叫——？」Carmen説出要跟去杜拜的重點來了。

「黑鳥傳菜，火紅的。」郎雄彥説。

Carmen 笑了，心忖連名字也搞錯，人家叫黑鳥明菜，而且已經不紅了，自己真是盲操心。

「你知道為什麼找——這個女演員嗎？」只問，也不來糾正男朋友。

「為什麼？」

「因為她是日本少有的、身量高大的女藝人，扮阿拉伯女郎有說服力。」

「呀——原來如此。」郎雄彥連連點頭，接下來，又想不通了，「那麼，為什麼找我做男主角？我祖籍廣東佛山。」

Carmen 噗哧一聲笑出來：「你還未開始研究造型？男主角蓬頭垢面，長滿鬍鬚，雙眼給人刺盲了。」

「在戲裏，我叫什麼？」竟然問。

「參孫。」

郎雄彥覺得參孫的名字似曾相識，但一時間又想不起來，搔頭，說：

「那麼誰來演都可以。」郎雄彥進一步理解到自己在公司的位置。

「是啊，為什麼？我看劇本時有一個感覺，能賣嗎？」

「公司說，有一條方程式，計算好就可以了。時下電影投資方不喜歡大製作，耗費太多資源，俗稱燒銀紙。反正現代消費娛樂太多元，吸引到潛在觀眾就可以。」

「這套電影的潛在觀眾是誰？」

「呃——」郎雄彥又搔頭，人急智生，他想起經理人講過的話，「一套電影，主題鮮明最重要，主題鮮明就可以吸引到潛在觀眾買票入場。」

「這樣嗎？」Carmen 再來翻劇本。

她習慣把劇本打印出來，把郎雄彥重點要注意的地方 underline。

「……整齣戲，有人在黃沙大漠上拉大提琴。……咦！」Carmen 猛抬頭，望着男朋友，「我知道為什麼是杜拜了。」

「為什麼？」

「整齣戲的配樂，由一位阿拉伯公主操刀，主旋律由大提琴演奏，大提琴，音樂，貫穿整套電影。」

「所以音樂是電影主題？」郎雄彥疑惑，說：「我不懂古典音樂，流行曲還可以。」

「你不用懂，電影也不用賣座。如果我的推測沒錯，電影是拍來討好公主的。」

「啊！無論是傳菜，抑或是我，都只不過是大配角。」

Carmen 點頭，道：「大提琴才是主角，大提琴手不時會在戲中出現。」

「唉，我可不可以請假？由我的經理人粉墨登場也無不可。」

「讓我看看大提琴手是誰。」Carmen 掀去人員名單一頁。

「是誰？」

「呀，竟然是她！」Carmen 非常驚訝。「是我大學時樂團的大提琴手。」

「世界真細小。」郎雄彥也嘖嘖稱奇。

「她人前人後都說大提琴是她的初戀。」Carmen 甜笑。

「我的初戀就在眼前。」郎雄彥相當得意。

5

拉撒路——

叮噹——叮噹——

廳上傳來撳門鈴的聲音，高皆看一看錶。

下午接近黃昏時分，誰？高皆沒有移動，媛會去應門。

一份偵探小説雙月刊約稿，高皆正在構思一個海灣謀殺案故事；而一段阿聯酋王妃出逃的消息恰恰吸引他的注意力。

畢竟被打擾了，高皆始終分了神；他聽到媛去應門，聽到隱約的對話聲。一把女聲，聲量壓得低低的，似乎為自己帶來的打擾表示歉意，而媛的聲音溫暖而愉快。

一場沒有預約的探訪持續了大半個小時，而終於，聽到送客的聲音。

吱——砰——關上門。

不久，媛推開書房門，高皆抬頭。

「出來喝杯茶？」媛向丈夫一笑。

「你掛念我們上了天堂的貓嗎？」媛捧着花茶忽然問，令人摸不着頭腦。

妻子是天主教徒，神學知識非常「普及」，她相信動物都會上天堂。「我們的貓」指的是外甥女見希服侍的貓。高皆對寵物毫無興趣，和「我們的貓」相處未算融洽，彼此冷淡，幸好在「我們的貓」上天堂之前，一貓一人達成某種程度的共識。

「我的媛，可以直接一點嗎？」

高皆是私家偵探，擅長破案，卻討厭猜謎。

他希望自己的語氣聽來很隨和，如果再養貓，也不是天要塌下來的大事。

媛放下茶杯，直直望着丈夫，說：「是這樣的，我們有新鄰居了。」

「新鄰居？」

媛點頭。

「剛才拜訪的就是新鄰居？」

媛搖頭，道：「剛才拜訪的是鄰居逑姐，B室的逑姐，她送來很多她親手包的餃子。」

「逑姐？她今天放假？」

高皆記得逑姐打「住家工」，B室是她自置的物業，絕少回來。在人人僱用菲傭印傭的年代，逑姐算是稀有物種。

「嗯，她要安置新鄰居來暫住她的單位，叫拉撒路。」

高皆放下茶杯，瞪眼：「《聖經》故事的人物？拉撒路要來做我的鄰居，不成我是財主？」

媛笑了，「哈哈，你是財主就好了，我就是財主婆。拉撒路是一隻英短貓。你知道，英短都溫文戀家，拉撒路卻例外，逑姐說，牠好奇，喜歡串門子。牠總有辦法溜出去做家訪，所以逑姐先來交代一聲。」

完全明白了，太太為新鄰居做期望管理。

高皆的住宅是舊式豪宅，一梯兩伙，高皆住A室。逑姐能夠買B室，據說是靠服侍多年的太太去世時一筆豐厚的遺贈，逑姐全數用來支付首期。

「拉撒路自己帶着包袱入住B室？」高皆訕笑。

「當然不是，你明知故問嘛。」

「你為什麼賣關子？是誰來暫住？」

「是逑姐的小姐，即是去世太太的獨生女兒。」媛開謎了。

「哦，我記得她嫁了人，又怎麼啦！離家出走？」

「這又是另一個故事，我怕你不愛聽呢，埕埕塔塔的。」

高皆看一看腕錶，不能再退回書房了。剛才讀到的一段阿聯酋王妃出逃新聞，不也是公主王子的愛情故事，到後來走板了。反正都一樣。

高皆把身子挨後，朝太太道：「說來聽聽。」

「簡單來說，小姐的丈夫跟初戀情人愛火重燃。逑姐說，事情沒有轉彎的餘地，這跟小姐的個性有關，首先，她最討厭別人有錯不認。少姑爺承認約會初戀，但並非舊情復熾，而是對方遇到麻煩。這位少姑爺也挺有脾氣，他覺得自己沒錯，不肯道歉。其次，原來小姐有潔癖，她再也不能跟『污糟』的丈夫待在同一屋子。自從媽媽過世，小姐的爸爸很快便續弦，她不想讓後母知道狀況，她的選擇不多，只能找逑姐。」

「哦，原來這樣！」高皆不以為然：「每個人都有初戀啦，丈夫説沒有出軌，她就不能相信丈夫？」

「每個人都有初戀……咦，從來沒有問，我是不是你的初戀呢？老公，你的初戀是誰？是我嗎？」媛半開玩笑，半認真問。

「幾十年前的事，誰記得？」

「你迴避問題呢！」太太忍笑，續道：「我很坦白，你不是我的初戀，而我一早交代過了。」

「我沒有迴避問題，忘記了就是忘記了，不能胡説。總之，你是我最後的情人是肯定的，你記住這一點才重要。」

高皆假裝認真，站起身，說：「今晚吃餃子？我出去幫你買棵菜。」

「謝謝你！」媛笑說，放丈夫一馬。

升降機到了大堂，高皆步出，一名身材略胖，卻穿着小一號連身裙的少女，拿着一個包裹步入升降機。

6

大提琴——

躂嗟躂——

提提走上大廈梯級，還未按密碼，保安員已幫她開門。

啲的一聲，玻璃大門開啟，提提走入。

躂噠躂——

一句客套話也不說，直接走去按升降機。

保安員望着提提包得像裹蒸糭一樣的背影，見怪不怪，卻想起一件事，從後喚住她：

「提提小姐。」

「嗯？」

提提轉身。

「有包裹，是宋先生的，可否幫忙交給他？」

「Sure。」嫣然一笑，站在原地。

保安員把一個小型包裹大小的物品交到提提手上。

「我辦事，你放心。」提提接過包裹，很高興別人信任她。

盯着顯示燈，升降機降到地面。

哐——蓬——

升降機門打開，高皆步出，提提步入，升降機門關上，提提按6字。

來到六樓，提提拿着包裹步出升降機，轉左去A室。

不管是A室抑或是B室，都是保安員口中宋先生的物業，換言之，六樓全層，都是宋先生的。A室，提提自出自入；B室，提提一次也沒去過。來到A室，用密碼鎖開門，一面開門，一面喊：

「宋爸，宋爸，你最疼愛的孩子提提來了。」

「你坐，我在煮陳皮咖啡。」

被叫宋爸的宋先生，好像在遠方，只聽聲不見人。宋爸是樂團的首席指揮，是提提的恩師，他指派年資最淺的提提做樂團的大提琴手。

提提踢掉高跟鞋，把包裹放到門邊，走入放滿音響樂器、全地毯的會客室，坐上大沙發上。裙太窄，她整個人跳滾上沙發，抱着cushion，不忘大喊：

「你有包裹，我放在玄關上。」

不久，捧着托盤的宋先生出現了。滿頭白髮，又瘦又高，精神不算飽滿，甚至給人疲倦的感覺。身上是一套無論裁剪和質地都上乘的西褲恤衫，即使在室內，頸上還圍住一條真絲長圍巾。

提提在托盤上拿起咖啡杯，放到鼻下一嗅，抬頭問：

「這個是你最新的玩意？」

宋先生不置可否，只道：「你喝一口試試。」

提提隨便喝了一口，又呱呱叫了：「宋爸，氣死我了，在樂團，我待不下去了。」

自從宋先生交棒給樂團副指揮，少來樂團之後，提提已不只一次這樣投訴。接下來，提提把氣提足，炮轟樂團管理不善，團員態度散漫，吊高的嗓音是小提琴而不是大提琴。宋先生大部分時間在聽，偶爾插上一兩句，糾正愛徒的觀點。

「宋爸，你一定要回來處理，這樣下去樂團要降級的。」提提嘰嘰喳喳。

「處理什麼？人事？行政？」

「全部！」

「提提，你專心拉大提琴不就是嗎！回歸初心，回歸初戀的懷抱。」

自從九歲時聽過馬友友演奏大提琴後，提提馬上認定大提琴就是她的終身職志。

「這是我的初戀，終身無悔。」她逢人就宣告。

「嘿嘿，嘿嘿，看不過眼的事多的是，你教我如何專心！」

宋先生拉下頸上的圍巾，遞給提提。

「幹嗎？」

宋先生認真說：「給你蒙住眼睛，反正曲譜你倒背如流。」

提提沒好氣，說：「你忘記嗎？我有透視異能。」

「你真有透視眼？」

「原來你一直不信。」提提坐直身子，瞪大眼：「好吧！」

提提拿起圍巾，縛上雙眼，身子轉向門廊，說：

「讓我告訴你，包裹裏面的是什麼。」

過一會，提提一臉驚訝：「咦，怎麼我什麼都看不見？」

摘下圍巾，提提很是沮喪，說：

「可能埋怨遮蔽了我的眼睛。的確，有時候異能會無端消失。」

「提提，你沒有異能也會活得很好，你的優點多的是。當然，你也有缺點，就是太直腸直肚。」

「哇哈哈——哇哈哈——」除了笑，提提不知如何反應。

之後，聳肩，道：「直腸直肚或者也是優點呢，不過別人不懂欣賞。無論如何，我實在和樂團上下相處不來。你不要退休嘛，指揮是沒有退休這回事。」

宋先生站起身，然後坐下，說：

「看，我已坐下，不會再站起來。」

「嘻，你還沒有躺下。」提提當真口沒遮攔。

「也沒有分別。」宋先生回應。忽然，陷入深思。

過了不久，提提輕聲喚他：「你充滿才華，現在轉換跑道也無不可。」

宋先生苦笑：「是嗎？」

提提點頭，說：「唯一條件是，無論做什麼都要帶上我。你叫我做什麼我就做什麼，你去哪裏，我就跟到哪裏。」

「那麼就約定你了，大提琴小姐。」宋先生只能用這個方式結束這場對話。

提提又多待一會才離去。

等候升降機時——

沙沙——沙沙——

「咦？什麼聲音？」

隱約從右方的B室傳來。出於好奇，她走過去，再留心聽清楚。

沙沙——沙沙——

真有聲音！很微弱的聲音，彷彿有物件在門上磨抓。提提把耳朵湊上去。

喵——喵——

提提嚇一跳，有貓在裏頭？

「喂，」提提俯下身，「貓兒嗎，你在裏面嗎？」

喵——喵——

叫聲更清楚了。

「啊，不要怕，我找人來開門。」

提提快步走回A室，開啟大門便高喊：「宋爸，有貓，有貓在B室。」

「不會吧，沒可能。」半信半疑。

「我肯定，我跟被困在裏面的貓兒溝通過了。」

宋先生快步走去B室，提提尾隨。

按了密碼鎖。

嗄——

推開門——

隨即，一個麥稈色身影從門隙竄出，短腳跑得極快，瞬間不見了。

「吁！——」兩人同時嚇了一跳。

「宋爸，我不單有透視眼，還有超聽異能呢！」提提嘻皮笑臉。

宋先生倚在門邊疑惑：「奇怪，未見過這隻貓，牠如何走入去？」

提提借機探頭入B室。

「吓！」但見偌大的房子，空蕩蕩的，一件家具也沒有。正中央，架起一個帳篷。在室內架帳篷？

「宋爸，這——是你的睡房？你住帳篷？」

宋先生馬上把門關上。

砰的一聲！提提嚇了一跳。

「你不用理會，走吧！」從未見過的嚴厲。

提提嘟嘴。

宋先生半帶安慰半帶威脅說：「回去吧，什麼都不要問。不然，我去哪兒都不帶上你了。」

把提提趕走！

回到A室，宋先生把陳皮咖啡一口喝盡。

「唉——」

站起身，在室內無意識的踱步。當想到給提提窺見B室時，不禁皺眉。

踱到玄關——包裹！

一個包裝整齊的方型紙盒，而紙盒上——

寄件者用一條紙質綑索把包裹以雙十字方式綁住。這是一種古老的包紮方法，現代人已經不用了，取而代之的是封箱膠紙。

宋先生把包裹拿起，走入書房，坐到書桌上。

很有耐性地，小心翼翼解開綑帶，小心翼翼把綑帶放到桌上。

打開紙盒——視線卻一直沒有離開綑帶。

紙盒內，是迪米斯·盧索斯（Demis Roussos）全套歌曲的藍光碟，封套是他的主打歌“Rain and Tears”。

還有一部 iPhone！

凝視了好一會。

嗯——

他抽出“Rain and Tears”，放進播放機內，指頭停在 play 的按鈕上——

回頭，注視iPhone好一會，收回指頭，思索了好一會，又走回坐位上——

始終沒有觸碰那一支寄來的手機，反而，注意力重新回到綑帶上。

眼神一閃，彷彿下定了決心，再度拿起綑帶，小心研究，嘗試找出卷軸的起點，不一會，找到了尖端——

慎重地，從尖端開始，逐少逐少裂開綑帶，像拉開一幅卷軸一樣。五分鐘，十五分鐘……終於，綑帶攤開了，回復未被捲成繩子前的原狀。

一塊條狀的紙張，長長的紙張，堅韌的紙張——

紙張上面，密密麻麻寫滿了字。阿拉伯文字，看似是一篇文章。

宋先生懂阿拉伯文？他當然懂。他戴上閱讀眼鏡，先來讀標題。

用中文翻譯，標題是：

阿聯酋王妃哈雅出走之後怎麼樣？

文章最後一段寫着：

二〇〇〇年，穆罕默德親王的女兒莎曼公主逃亡失敗，穆罕默德親王以「醫療監禁」名義將女兒囚禁。二〇一八年，另一女兒拉蒂法又像姊姊一樣企圖逃亡，至今仍被囚禁在一座別墅內，恐怕永不見天日。……幸好哈雅王妃是約旦公主，有娘家保護，……但願她成功離婚，擺脫阿聯酋王室後，重新生活，自己快樂，也帶給子女們幸福。

7

Rain and Tears

Rain and tears are all the same
But in the sun, you've got to play the game
When you cry in winter time
You can't pretend it's nothing, but the rain

How many times I've seen
Tears coming from your blue eyes?

Rain and tears are the same
But in the sun, you've got to play the game

Give me an uncertain love（oh-oh-oh-oh-oh）
I need an uncertain love（oh-oh-oh-oh-oh）

Rain and tears, in the sun
But in your heart, you feel the rainbow waves

Rain and tears, both are shown
For in my heart, there'll never be a sun
Rain and tears are the same
But in the sun, you've got to play the game

For in my heart, there'll never be a sun

像不少五、六十年代出生的華人，宋文的前半生，可以用顛沛流離來形容——和父母分離，做過街童，為了有一餐溫飽，當提供食宿的各類學徒。僱主着他去申請香港身分證，他才給自己定下出生日期和名字。宋姓是真的，名字文，取其簡單書寫。可是，老闆只當他下人而沒有教他什麼。鄰舖士多店太子爺、也是他唯一的朋友，一天，來和他告別，說移民去意大利開餐館。宋文鼓起勇氣跟他說：「你出旅費，我跟你去，我幫你做一年免費勞工。」

宋文開始闖天下，為自己改寫命運。他到過佛羅倫斯、維也納，……最後落腳倫敦，有了點積蓄，並找到了音樂。

一九七五年，他遇到初戀。不，用單戀形容來得貼切，而且——意想不到，是纏繞一生的單戀。

每逢週末，宋文去牛津，參加教堂的黃昏演奏，大部分聽眾都是常客。一個寒春，忽然，一位稀客——

一雙烏亮、懾人心魄的大眼睛，一把烏亮的長髮……宋文望着少女步入教堂，視線無法移開，忘記了手上的樂器，忘記了自己，怔住了，像觸電一樣。

阿拉伯公主！米沙爾．賓特．法赫德！

公主旋風式到訪牛津，從長期約束得以解放的力量，帶有無法抗拒的魔力，甦醒過來的阿拉伯公主，使整座牛津市墮入情網！

米沙爾不但是一位公主，也是一位阿拉伯的已婚公主。疼愛公主的祖父穆罕默德，敵不過孫女的苦苦要求，讓喜歡自由和追求學問的米沙爾離開丈夫，隻身來牛津讀書。那一年，公主十七歲。

脫去罩袍，除下面紗，朗朗的笑聲，在咖啡廳閒坐的倩影……這一年，包括宋文在內的一眾牛津學人都如活在夢中，不過，夢境很快破滅。

一九七七年七月十五日，公主和她的婚外情人被拉去垃圾場行刑。

一名BBC記者，巴里．米爾納剛好在阿拉伯，他立刻拿起攝影機趕赴現場。畫面太震撼了。米沙爾整個人被埋，只露出頭部，一百個阿拉伯王子貴族，輪流撿起石頭，扔向她……

垃圾場另一邊跪着的，就是公主的出軌情人哈立德。處決他的不是石刑，而是斬首。斬首之前，他先目睹米沙爾遭受石刑的慘狀。

巴里全身發抖，無法拿穩攝影機，但他必須記錄這一幕；他把攝影機放到石牆上——把殘忍的畫面一點不漏完整記錄，經整理之後的版本，在電視上播放，名為《公主之死》。

播放當日，倫敦剛好落着滂沱大雨，宋文從公眾電視機前衝出去，站到街上。

他在雨中顫抖，在淚水和雨水中全身濕透。

Rain and tears are all the same！

纏繞一生的單戀！Rain and tears。

阿聯酋王妃哈雅出走之後怎麼樣？宋文的記憶，借助送來的包裹，重新湊合起來。

二十年過去了，到底我要做什麼？

宋文陷入深思——無論如何，他知道，關鍵時刻已經到來。

8

距離出發去杜拜拍外景的日子愈來愈近。

所有前期的預備工作都已完成。拍硬照、記者招待會，甚至，你可以找到新片在網路上的 trailer。關於這一點，最讓郎雄彥嘖嘖稱奇。

坦白說，trailer 拍了半天，他化好妝在佈景前走來走去，連自己在做什麼也不知道！可是，配上背景音樂，三十秒的 trailer，竟然氣勢磅礴，充滿爆炸力，非常神奇。

當郎雄彥以為要打包出發時，公司卻來了訊息：「請你去做身體檢查。」

「身體檢查？」郎雄彥直接掛電話給公司。

「是啊，這是承包商的指示。」公司回覆他。

公司沒有去杜拜取景的經驗，於是找了承包商，做一切入境、落地拍攝申請、保險等的相關要求和聯絡，確保順利入境，一抵達可以立刻展開工作。

在醫療中心，Carmen 見到叫大提琴做初戀的提提，非常高興，提提比 Carmen 顯得更興奮。

「郎雄彥竟然是你的——」提提驚歎，瞪着剛步入醫療室郎雄彥的背影。

「殊——」

Carmen 急急提醒，提提摀口，望望四周。幸好，偌大的中心，竟然沒有其他客人，又或者，因為有電影明星，早已作出相應安排。

提提問他們二人如何相識，Carmen 原原本本說了，提提連連點頭，道：

「良緣天賜！嘩，Carmen 厲害，Carmen 有眼光！男友一定認識很多明星吧！有沒有好介紹？」提提毫不客氣。

「咦，你是音樂家，對娛樂圈中人有興趣？」

「音樂家唔食飯？音樂家唔上廁所？」提提表情誇張。

Carmen 忍笑：「我是怕明星沒有內涵配不上你。不過，原來你說話——咁活潑——哈哈——」

已笑得說不下去了。

「你幸福，唔知世界艱難。可以笑就笑啦！」提提真心祝福 Carmen。

「我知道世界艱難的，所以，我只是幸運罷了。在劇本上看見你的名字，也有點意外呢！」

「你知道宋文大師？」提提問。

「聽過，他在音樂圈也頗有名氣。」Carmen 點頭。

「他是我的恩師，半退休狀態，我慫恿他再出發，他果然成立了電影音樂製作公司。接下的第一部電影，便找我拉大提琴，還出鏡。」

「你半隻腳踏了入娛樂圈，可以自己找對象。」Carmen 取笑。

「阿拉伯？杜拜？郎雄彥得唔得？」提提直勾勾望住 Carmen。

「哎呀，說不過你了。」

「咦，說實話，在杜拜，只有女主角、男主角和我三人，你竟然放心？」提提又問。

「什麼放心不放心？」Carmen 不明所以。

「那個女明星！」

「你是指——？」

「你沒有看訪問？黑鳥明菜在東京做的訪問。」提提說得肉緊。

Carmen 愕然，沒有留意呢，太大意了，訕訕問：

「她說什麼？」

「她說，知道男主角是郎雄彥，高興得睡不着。她看好郎雄彥，期待和他擦出火花。」

「這樣嗎！也很官腔。」Carmen 有點不快，嘴裏卻說。

「同意是官腔。不過你要連帶語氣一同解讀。她說的時候，那種媚態……哎喲……」提提做出打冷顫的身體語言，續說：「如果我是男生，肯定照單全收。」

Carmen 想立刻上網查看訪問，礙着面子按捺住。

「噯，你不跟去杜拜？」提提又問。

「我有建議，他不答應。」Carmen 不免委屈。

「我強烈建議你跟過去。」提提斬釘截鐵。

這時候，醫護人員叫喚提提。

提提跟過去，不忘回頭朝 Carmen 眨眼，「強烈建議！」

接待室只賸下 Carmen 時，她馬上拿出手機上網——果然……

「唉！」有點沮喪，很想男朋友此刻在眼前出現，望向通往醫療室的長廊……

「怎麼還不出來？」

忽然，莫名的不安湧上心頭。

9

宋文從後樓梯往下走，來到五樓，推開防煙門，經過升降機，走去B室，撳門鐘。

等候應門時，宋文目光巡視——整層五樓都顯得很安靜。不管是A室抑或B室，宋文知道，戶主都待在屋內。不過，即使隔着門，宋文感受到B室的，是擺蕩於浮躁與猶疑之間，不穩定性的一種安靜狀態。再撳一次門鐘，依然沒有人來應門……

宋文唯有向拉撒路求助，他摸摸懷抱中拉撒路的毛髮，說：

「你幫忙叫門，好嗎？」

拉撒路隨即抬頭，「喵——喵——」的嬌喚了數聲。宋文挺直身子，他確信屋主今趟一定來應門。

果然，大門馬上推開了。一張年輕、漂亮又缺乏自信的臉在門後出現，很明顯，她人已在門廊上來回踱步，但連門眼也不敢走近。

「喵——」（唔好意思！）

拉撒路跳出宋文的懷抱，逃竄入屋內。闖禍的貓，一走了之。

拉撒路成了這座大廈的知名訪客，無需登記，不必事先張揚，而最常造訪的單位，是上一層六樓宋文的B室。

一個在門內，一個在門外，個性都內歛，空間寬敞卻顯得局促。

「呃，謝謝你，一再麻煩你。」年輕女子終於開腔了，聲音出奇地悅耳，卻帶着不協調的防衛音訊。

逑姐向鄰居介紹她是夏太——一日是夏太，終身是夏太，逑姐不想小姐想得太多，走得太遠。

宋文搖頭，笑一笑，代替回答——但願不需要再揿這個單位的門鐘。可是，不知道為什麼，有點放心不下。

正要離開時，他竟然聽到夏太喚他：

「宋先生，進來喝杯茶，嗯？」

一個離家出走的少婦邀請一個陌生男子入屋喝茶！

「茶嗎？太好了。」宋文對於自己的雀躍也感到意外。

「我想知道，你的家，有什麼吸引力？」借助茶香的鼓勵，少婦問。

果然，一點交際手腕也沒有呢！

「可能，拉撒路更適合回答這個提問！」宋文提醒對方。

一團陰影掠過夏太的臉，過一會，長歎一聲，打起精神笑説：

「連貓也不願意待在我身邊，只能這樣猜測了。對吧！」

「不是的，怎會呢。」宋文暗地裏怪責自己太隨便開口，忘記了她正處於人生低潮。

「夏太……」

「Summer，你可以叫我 Summer。」

「我很樂意叫你 Summer。」宋文立刻回應。

宋文放下茶杯，俯身向前，道：

「每趟，我都在帳篷內發現拉撒路。Summer，我想這就是他來我家探險的原因吧！」

「帳篷？」

「我在家中搭了一個帳篷。好奇心驅使牠，並不代表牠不喜歡待在你身邊。」

「你為什麼在家中支架帳篷？」Summer 非常好奇。

「我睡在帳篷內，我的家，沒有任何與牀有關的牀具。」

宋文很稀奇自己向陌生少婦透露這個極度私人的秘密，而更令他驚訝的是，他絲毫沒有後悔。

Summer 定睛望住宋文，驚訝得說不出話來。

「有一段時期，我待在黎巴嫩，那時候，是我人生最失意的時候，我找不到人生的方向，有一點自我放逐的意味吧，我去到曠野生活，就是這樣。」宋文解釋。

「啊，這一段時間維持了多久？」Summer 追問。

「也不是太久，一年不到吧，始終要謀生的。」

「不過，住帳篷的習慣也就養成了，不打算改變。」Summer 點頭，表示理解。

宋文發覺 Summer 原來並不偏執，很快看懂別人的立場。宋文衷心希望Summer 能拿出勇氣解決自身的問題。

「看來，如果要拉撒路不去打擾你，只有二而一，一而二的辦法。」Summer 坐直身子，開朗起來了。

「什麼辦法？」宋文樂見 Summer 的活潑，這個才是她的真面目吧？

「一是你拆帳篷，一是我搭帳篷。」

「兩個都行不通。」宋文聽罷，竟說。

「行不通？為什麼？」

「我不拆帳篷，因為帳篷象徵我的人生，除非我找到歸家的路，不然，帳篷依然存在。但你不同，你分明有家，一旦搭起帳篷，你更不想歸家了。」

「噢！」

10

「你用我的 cello 吧！自己上去拿，最近太忙了。還有一部附當地數據卡的 iPhone，也一併帶過去。」宋文在電話中跟提提說。

「Copy！嘻嘻！」

當宋文提議提提帶他的大提琴去杜拜拍戲時，提提滿口答應了。能向樂團請一個大假，能去杜拜遊玩，提提已經心滿意足。

出發前一天，提提去買一應的用品，特別是各類的頭巾——杜拜女性用的頭巾沒有一款合她的眼緣，而她已預算拍完戲之後，獨自留下投入杜拜的懷抱。

把小房車停在訪客泊車位，把大包小包留在車上，換上今天的戰利品——Tod's 酒紅色的 Di Bag，和豆豆拖鞋。在阿拉伯，一名女姓不能把自己包得太緊，只好自己來「將就」了。

「果然，宋爸出外去了。」提提巡視房子一周。

而大提琴，已放在最顯眼的地方。提提打開盒子，一部典雅、老舊的大提琴。

大提琴已跟了宋爸多年了吧！他演奏過多少次巴赫？多少次《藍色多瑙河》？提提撫摸着大提琴，嘗試感受大提琴走過的歲月，與音樂家相遇的靈動——

啪——！

終於合上大提琴。

「Cello，我跟你一塊兒踏上征途啦！」

等候升降機時——

少不免望向B室，心想：「拉撒路會在裏頭？」

拉撒路，已成了大廈無人不識的訪客。提提踏着豆豆拖鞋，不知不覺走向B室。把耳朵貼在門上——一點動靜也沒有。預備離開時，忽然，眼睛盯住門鎖——

自從身體檢查之後，打了多種防疫針之後，提提覺得，無論聽覺或者視覺都出現了問題，不是，是整個腦袋出現問題呢！

「我還有透視眼嗎？」提提喃喃。

受好奇心驅使，她放下大提琴，把Di Bag抱緊胸前，專注在門鎖上的十個數目字。開始時模糊看見輪廓，而慢慢清晰。

「呀——」幸好，提提來得及摀口。

透視眼沒有消失，她看見指紋！噗噗心跳，雙腳戰抖……她俯下身——

1，5，7，9。

指紋印在這四個數字上，而1和7字明顯有重疊的指紋，7字特別零亂；即是說，密碼鎖由這四個數字組成，而1和7重複使用。

「分明用有紀念性的日子做密碼鎖！好啦！」

提提開始嘗試不同的組合，開頭是 1977 已非常肯定。

試了數組號碼之後……1977715。

喀嚓一聲，門開啟了，提提嚇了一跳，望望四周，提起腳，像賊一樣走入去，莫名的興奮，心跳加速。掀開帳篷，整個人倒下去……

提提發夢看見拉撒路，她喊拉撒路，拉撒路望她一眼，立刻竄入 Di Bag 背包。

「喂！」提提叫喚牠。

「哎喲！」額頭敲在地板上。

提提醒來，發覺自己在帳篷睡着了。

「哎喲！」

慢慢記起，怎樣走入室內，怎樣拉開帳篷，怎樣躺下……

「可能太累了。」

提提立刻坐起身，抹平皺褶的痕跡。

「咦！」

大提琴還在門外！提提匆匆拿起包包，直奔大門。

嘭！

關上門，拿起大提琴逃跑。

在車上，喘定氣……

一點也想不起在B室有沒有看見拉撒路。

此後，大廈也再也沒有人看見拉撒路。

11

「路上小心，保持聯絡。」郎雄彥的助理在車外和他揮手，到最後一刻，公司才接獲通知，郎雄彥助理的簽證被取消。郎雄彥孤身一人踏上往杜拜的路。

「這是承包商給你的 iPhone，內裏已有當地能用的數據卡。到達當地可使用。」助理又說。

他坐的是商務客位，拍攝 crew 不和他同行。

* * * * *

「這個是你的座位，這個是大提琴座位。祝你旅途愉快。」航空公司職員笑容可掬。提提取回證件，抬頭尋找登機口。

＊　＊　＊　＊　＊

黑鳥明菜來到成田機場，預備出發去杜拜，卻收到助理傳來短訊：「航空公司說我的證件失效，今天不能和你一同出發。請放心，我們在杜拜會合。當地用的iPhone已放在你隨身的包包內。」

＊　＊　＊　＊　＊

Carmen靜悄悄買了飛往杜拜的機票，比大隊遲三天出發，預備給男朋友一個驚喜。

第二篇

亡魂的召喚

1

導演阿禮把劇本《參孫》分到他的製作團隊手上，然後召開會議。

「大家怎樣看？」

團隊上的人，全是經驗老到，一人兼顧數個項目的火拼三郎，此刻，你眼望我眼，默不作聲。

「不作聲就是最佳發言，即是說，你們並不看好這個劇本了。」阿禮聳肩。

熟知阿禮的副導兼監製西瓜刨非常明白，阿禮其實已「認定」《參孫》，非拍不可了。西瓜刨是他的暱稱，因為他爺爺是影圈前輩西瓜刨，同行索性叫他西瓜刨。

不過，單是一個人喜歡劇本是沒有用的，必須得到整個團隊理解，才能各就各位，電影才能順利拍攝。

畢竟，阿禮不是王家衛，更不是黑澤明！

幸好，搞分鏡的 Toby 舉手。他兩年前在藝術學院畢業，讀數碼媒體，團隊數他最年輕，所以最勇敢。

「導演，我有留意到，《參孫》跟《聖經》描寫的參孫不同。《參孫》完全沒有提及大利拉，更不是參孫傳。整個劇本，就只是他死後在沙漠跑來跑去，尋找又尋找，一時喃喃自語，一時跟亡靈對話。難道，電影主題是鬼？」

「哈哈——哈哈——終於有人着燈了。」阿禮指着 Toby 誇張地手舞足蹈。

剪片明叔立刻説：「鬼片最賣座，鬼片好邪，千萬不要一個人深夜剪片。」

明叔想重述他剪片撞鬼的經驗，望一望阿禮，吞下了，因為阿禮正要開腔。

「《人鬼情未了》、《捉鬼敢死隊》、《鬼眼》、《迦勒比海盜》、《鬼怪：孤獨又燦爛的神》，以至莎士比亞的《哈姆雷特》，都叫好又叫座。」阿禮説。

「不如説，凡是導演都喜歡拍一兩部鬼片做代表作，導演，我説得對不對？」西瓜刨問。

阿禮沒有回答，代表默認了。

不到十分鐘，阿禮已完全説服團隊拍戲，距離真正展開工作還欠一步呢；大夥兒想知道，《參孫》是什麼劇種，驚慄？愛情？喜劇？哪一種是阿禮想放置在《參孫》中的氣氛？更直接説，阿禮想透過電影跟觀眾説什麼？

「如何説活着重要，仍不及如何死來得重要，參孫要為靈魂獲得救贖盡最後努力。」阿禮再推團隊一把，大家立刻寫下阿禮的講話。

阿禮愈説愈興奮，團隊連連點頭，有人兩眼發光，已預視到如何在自己的位置上大展拳腳。

負責佈景的 Carrie 突然舉手：「要不要預備炸藥？若果要，我要事先向有關部門申請。」

「唔明。」眾人搖頭。

「這……」Carrie 非常尷尬，用眼神向阿禮求助：「導演……」

阿禮馬上回應：「一點也不多，一點也不少。Carrie，你說出一個震撼全場的ending——參孫一一尋獲在他手上枉死的靈魂之後，他的靈魂也得到救贖，他大喝一聲，天搖地動，參孫在漫天黃沙中灰飛煙滅。」

果然是導演。

「嘩！」「一定大收旺場。」眾人七嘴八舌。

「要在杜拜取景？要向阿聯酋申請現場爆炸？」有人提出疑問。

「不用扯得太遠，我先分配投資金再說。」西瓜刨說。

散會後，各人馬上各就各位。三天後，西瓜刨傳給阿禮投資金分配明細，及一份演員名單。

按照分配，你可以在這個範圍內選擇男女主角，你選好了我就找他們試鏡。

西瓜刨在明細表下方寫。阿禮傳來回覆：

不能選更閃亮的？

這個價位，相信我，已經是最閃亮的了。

男主角，阿禮點了郎雄彥，女主角則是日本的黑鳥明菜。阿禮還想爭取票房有保證的明星，追問：

阿拉伯公主不是包攬全部配樂？可以慳回一筆？

你提醒我了，有錢就是任性。導演，阿拉伯公主不但免費提供配樂，還免費提供住宿呢！沙漠區度假村，村內消遣自成一格。導演，我代表團隊上下多謝你的英明領導，唔駛捱飯盒。

叮的一聲，西瓜刨的回覆快如閃電。

阿禮心想，阿位伯公主不過客串一場，竟然……興建……？有錢果真可以任性。想一想，寫了一段他認為重要的訊息給西瓜刨：

打入阿拉伯市場就靠這一鋪了。拍攝最後一天，阿位伯公主會騎着駱駝，在滾滾黃沙中出現，叫攝影和美指拿出最大的誠意，多加注意。

2

「說好的閃亮明星呢？」阿禮見到郎雄彥、黑鳥明菜兩個年輕人失魂落魄走入沙漠區度假村，驚訝得下巴都掉下來。

「試鏡時不是這樣的。」西瓜刨也摸不着頭腦。

「廁所喺邊？我想嘔！」

二人聞聲轉身，見到一團掛着名牌的物體攬着一個大提琴跌跌撞撞走進來。

「這——又是什麼人？」阿禮不相信自己的眼睛。

「大提琴，不是，提提，呃，總之……唉！」

身兼數職的西瓜刨走開了，忙着招呼戲裏的幾個重心人物。

「儘快整頓隊形，時間就是金錢。」阿禮在西瓜刨身後咆哮。

這個時候，阿拉伯公主提供的度假村發揮了莫大的作用。Ai Dinan 餐廳的優良食材，使三位來賓很快恢復了體力，而 Timeless Spa，則讓他們抖擻起精神。

當黑鳥明菜穿上自備的室內和服走出像帳棚似的露台時——

「呀——」

一團金紅火球在遠處徐徐落下，這就是杜拜著名的沙丘日落嗎？

黑鳥明菜非常感恩，雙手按在胸上。這個時候，郎雄彥和提提在左右兩旁的露台出現。提提赤腳，長髮濕漉漉，身上罩着一件玫瑰色雲朵沙龍。

黑鳥明菜瞥見二人，急忙打招呼：「挨列芝娃！」

提提對於日本人不知是造作或是「真誠習慣」的禮貌無心考究，但看見黑鳥明菜脫去妝容之後，臉蛋依然雪白光滑，非常好奇，早前對她的批評無非幻覺，一心要找機會請教她美容之道。

畢竟是年輕人，很快，三人用簡單英語、日語加上普通話，慢慢從初相識的拘謹中釋放出來。郎雄彥率先為不濟的狀態致歉：

「長途機大大影響我。」

黑鳥明菜卻說，自己也有責任：「從上機一刻我已昏迷！」又說：「幸好助導體諒，明天我們都沒有通告，可以休息。」

郎雄彥點頭，說：「助導說，先把亡魂出沒的那一場調上來。」

拍攝隊在手機上已成立溝通羣組。

「我只負責 cello，沒有留意每天的分鏡，亡魂又是什麼東東？」提提只專注演奏。

郎雄彥開啟 Toby 傳來的分鏡圖指給提提看：

「喏，只要將這一張調上來就可以。」

「嗐，原來這樣！每天依着分鏡圖做人。嘻嘻——」

黑鳥明菜說：「還附加一段《聖經》經文呢。」

Toby 附註的是英文版《聖經．士師記》的一段：

Then his brothers and his father's whole family went down to get him. They brought him back and buried him between Zorah and Eshtaol in the tomb of Manoah his father.

「Buried him？參孫死了？」提提吃驚，竟然沒有為意。

郎雄彥點頭：「參孫死了，埋葬了。所有被他害死的冤魂都湧過來尋找參孫。怨氣太重，墳墓爆開，參孫睜開眼——」

「嘩，嚇死人咩！」

「就是要你驚。」郎雄彥開心地笑。

他在家已練習多次——突然睜開眼。

「咁明天點解沒有你的戲份？」提提追問。

「廠景補鏡就可以了，實景每天費用太大。」黑鳥明菜代為解釋。

「總之明天可以休息，我打算游泳，練cello。你們呢？」提提問。

出發前，提提已上網查看過，杜拜沙漠區有四五間同類酒店，要數度假村設備最完善，每個房間都有私人泳池。

「我最喜歡遊手好閒。」郎雄彥真心說。

「我打算放鬆，目遊遠山美景，浩瀚黃沙。」黑鳥明菜愉快的說。

沙漠已列入拍攝地帶，眾人只能待在度假村內。

「目遊遠山美景？」提提卻疑惑——

照說，杜拜沙漠，遙望的是哈賈爾山脈——

第一眼望見哈賈爾的山峰，提提心裏卻孤疑。

似曾相識呢——

不過，她不想讓黑鳥明菜掃興！

畢竟是新相識，畢竟是日本人！

等到黑鳥明菜轉身走回房間時，提提叫住郎雄彥。

「喂——」

「嗯？」

提提眨眼，欲言又止。

「怎麼啦？」

「——嗯，是這樣的，你說坐長途機令你不適，什麼時候開始？如何不適？」

「這個嘛，其實，在香港機場貴賓候機室，喝了一杯有氣水之後，就已經開始進入渾沌狀態，醒來像發夢，發夢像醒來。聽見叫轉機，聽見叫吃飯，然後，已經在車上，來到度假村。」

「醒來像發夢，發夢像醒來？咦，我也是這樣！」

「度假村有醫療中心，要不要看看醫生？我還是有點渾噩。」郎雄彥說。

提提卻搖頭，道：「你有沒有察覺在香港做完身體檢查之後，已不時出現你說的癥狀，醒來像發夢，發夢像醒來。」

「咦——」郎雄彥回心一想，道：「好像是這樣！」

「我不單渾噩，還出現疊影和重聽。」提提又說。

「疊影和重聽？這個我倒沒有，是怎樣的？」

「這是我的超能力，我有透視眼，可能又有超聽異能。」提提解釋。

郎雄彥瞪大眼，不知如何反應。提提自顧自說下去：

「你有沒有打針？你應該都有打針。打針之後，我看東西就出現疊影。例如前面的山脈，應該是哈賈爾山脈，是也不是？」提提指向遠方。

「哈賈爾山脈？」郎雄彥望向提提指點的前方。

「可是，在我看來，是兩座山重疊在一起，重疊着的，是香港的鳳凰山。」

「鳳凰山？」

郎雄彥認真看——

太陽已經落山，遠景模糊，只覺是幽暗的一大片黑壓壓的怪影——郎雄彥想，馬上就要伸手不見五指。

幽靈會出現？參孫會突然睜開眼？郎雄彥不寒而慄。

3

九月二十五日。

助導西瓜刨大喝一聲：「Camera！」

全場屏息靜氣，阿禮定睛電腦屏幕。

參孫拖拉一副棺材，蹣跚走入場景。空洞的瞳孔不辨方向，粗麻繩在他肩頭壓出深坑，棺材在沙漠劃出亂章的軌跡。參孫抬頭盲目大喊：

「來吧，找我尋仇的冤魂，不得安息的幽靈，跳上棺材吧，躍進方舟吧，一同找命運的播弄者算帳吧。我的靈魂豈不也是不能安息！你們知道，徹頭徹尾，我都不是貪生怕死之輩。徹徹底底，來一場對質，來一次大對決吧。祝福是你，咒詛是你，露面吧，你的一眾奴隸尋你來啦！」

語音未了，另一端，提提奏起大提琴，一組鏡頭馬上跟過去，聚焦提提。

提提奏響柴可夫斯基B小調第六交響曲，《悲愴》第二樂章，收音緊跟大提琴，兩組鏡頭不斷拉近拉遠，淡入淡出……

拍攝相當順利，黑鳥明菜沒有通告，也現身打氣。當提提拉起《悲愴》第二樂章時，場裏場外，都為一種莫名的低氣壓籠罩，沙漠改換了顏色。

「嘩，我以為在拍攝《與神同行》呢，音樂的力量果真神奇。」

脫下戲服之後，郎雄彥馬上跟提提說。黑鳥明菜不知道二人說什麼，但覺為同一種音樂氣氛包圍，站在二人身旁微笑。

提提非常得意，用英語問：「想知道電影整個編曲？」

二人馬上點頭；幾天下來，三個年輕人已經混熟了。

「Come with me！」提提抱起大提琴說。

三人來到提提的房間。因為涉及不少專有詞彙，提提請二人用度假村的 wifi 上網做翻譯。

「說起 wifi，這兒的 wifi 相當奇怪，有時會跳去 AI 管家。」

「在杜拜，一點也不奇怪。Focus！」提提打斷他，續道：「你們多謝我還來不及呢，這個補課，對你們拍戲大有幫助。」

提提說得誇張，怎知二人非常認同，令提提來了勁兒。

「首先，音樂門外漢經常混淆的概念，就是作曲和編曲，例如這套《參孫》，大家經常掛在嘴邊，說阿拉伯公主作曲，連導演也是這樣說。其實阿拉伯公主是作了曲目編排。」

「原來這樣！」

「阿拉伯公主選用了四個古典曲目重新編排。四個曲目包括剛才我演奏的柴可夫斯基B小調第六交響曲，《悲愴》第二樂章，然後依次是華格納音樂劇《漂泊的荷蘭人》第二幕；貝多芬C小調第五交響曲第一樂章；最後由佛瑞的《安魂曲》作電影總結。四個樂章帶動着幽靈的心境，從怨恨、浮躁、解開心結到歸家。」

「可不可以每個曲目的情緒再仔細劃分給我？」郎雄彥問。

提提答應了。

郎雄彥側頭想一想，喃喃地說：「我想重拍今天的戲份。」

「No！」提！提立刻舉起交叉手勢，「我的初戀反對。」

「初戀？」黑鳥明菜不明。

「Cello，cello 是她的初戀。」郎雄彥代為解釋。

4

Carmen 坐黃昏的直航從香港飛往杜拜，再從杜拜國際機場坐一小時酒店專車直抵沙漠度假村。

當她在前台辦理入住手續的時候，望一望牆上的國際時鐘——

還差二十分鐘，就是明日的凌晨。Carmen 非常滿意，一切在她預計之內。敷 mask，睡一個「靚覺」，翌日在房內游早水，然後，精神煥發的，去 Ai Dinan 吃早餐——

當男朋友看見初戀在他面前出現時，會有什麼反應？Carmen 急切期待這一刻的到來。為了迎接這一刻，她把忍耐力發展到極限；每天如常和男朋友互通消息，不向對方透露半點風聲；為了保密到底，連提提也沒有聯絡，恐怕一聯絡，便按捺不住，而提提給人的印象，是藏不住秘密！

可是——

Ai Dinan 只有少數黃臉孔住客，很容易辨別，沒有熟悉的臉孔，沒有提提，更沒有郎雄彥，也不見黑鳥明菜。而男朋友的訊息分明說：

每天都在 Ai Dinan 吃早餐，補充充足的體力，才能應付沙漠艱苦的拍攝生活。

難道——今天改變行程？Carmen 望向熱得發光的沙漠——她拿出換了 sim 卡的手機，直接問男朋友：

你在酒店嗎？

隔了一會，收到回音：

你去了杜拜？

Carmen 立刻寫：

是，我到了杜拜，入住同一度假村，我在 Ai Dinan。

過了一會，所有訊息中斷了。

「奇怪，怎會這樣？」

以為數據出了問題，弄了一會，還是接駁不回。Carmen 滿頭大汗——

不能再等了，直接撥打回電號碼。

嘟嘟——嘟嘟——

響了很久都沒有接通，突然，手機出現新訊息：

你撥打的號碼已遭駭客入侵，如再撥打，會對你的網絡做成無法彌補的損害！

「什麼？」

5

整個上午，Summer 緊盯門廊。

她幻想有人按門鈴——然後，她馬上出去應門，然後，一如既往，宋先生站在門外，溫婉的微笑，懷抱中蜷縮着拉撒路。

可是，時間一分一秒過去，靜悄悄的，間中，走廊有微弱的開關升降機門聲音傳來。

「喔——」

失望隨之帶來的沮喪，Summer 癱軟在沙發上。繼而，她坐起身，喃喃自語：

「或者，宋先生太忙了，並沒有留心訪客，又或者……啊！」

Summer 面色蒼白，站起身：「拉撒路遺棄我了嗎？連牠都來討厭我嗎？」

Summer 趿着拖鞋，衝出去。

6

Carmen 哭哭啼啼，走入駐杜拜中國領事館。

「哇——嗚——，我的男朋友失蹤了，他是電視明星郎雄彥，他在杜拜人間蒸發了。」

哭得死去活來。

* * * * *

Summer 掛電話給丈夫，離家出走以後，首次主動掛電話給丈夫。

夏先生看見是太太來電，立刻接聽：「喂！」

Summer 聽見丈夫的聲音，啜泣：「拉撒路不要我了，牠走了，像你不要我一樣。」

宋文腳步蹣跚，走入中區警署，跟坐堂警員說：

「我來報案，我聯絡不上去了杜拜拍戲的徒弟提提，自從她離開香港，我和她都保持聯絡，直至昨天，即九月二十二日，我們已失去聯絡。」

* * * * *

* * * * *

黑鳥明菜的助手走入駐杜拜日本領事館：「對不起，我找不到黑鳥明菜小姐，我來尋求協助。」

7

「你不能用偵探頭腦把拉撒路找回來？」太太問高皆。

「太太，這不是偵探頭腦的問題，這是心靈感應的問題。你非常清楚，我跟貓毫無心靈感應。」高皆預備離開早餐桌。

「唉，怎麼辦，我跟逑姐如何交代？」媛望着丈夫離開的背影作最後努力。

不一會，媛看見丈夫整裝出外。

「你上哪？」媛納悶。

「去偵探社走走。」

「偵探社？你的小說寫完了嗎……」

砰——

關上門，雙手插袋，滿懷心事的高皆走到街上。

高皆比太太顯得更納悶——坦白說，如果可以留下來寫小說，又或者去追查拉撒路的下落，高皆會滿心高興呢。

吣——吣——

高皆拿出手機。

「老闆，可以加快腳步嗎？訪客說，她已經在路上。」見希在另一端說。

「唉！」

收起手機，高皆勉強提起精神。

8

大家都知道，高皆寫小說期間不辦案的，可是——

兩個香港公民在杜拜消失，調查的重任落到高皆的偵探社頭上，這就是他不能輕鬆的原因。

「讓我來簡單介紹一下案情。」阿慕是今趟項目的負責人，他把預備好的 power point 打出來。

「第一位失蹤者，郎雄彥，華籍男性，二十六歲。他於本月十八號，即九月十八日，出發往杜拜拍攝一套電影《參孫》，代理公司幫他買的是來回機票，回程是十月五日。隨行的本應有他的助理，可是出發當天，他的助理才被告知杜拜方面取消了他的入境許可，所以，郎雄彥是單獨前赴杜拜。此後，公司一直與郎雄彥保持聯絡，得知拍攝非常順利。

「三日後，二十一號，郎雄彥的女朋友 Carmen 抵達杜拜預備探班。由於是秘密探訪，事前 Carmen 並沒有向郎雄彥透露半點風聲。當她在拍攝隊伍入住的酒店找不到郎雄彥時，她立刻聯絡郎雄彥，告知對方她來了杜拜。郎雄彥得知女朋友到了杜拜，竟立刻中斷通訊，此後，她再也聯絡不上郎雄彥。更奇怪的是，酒店並沒有郎雄彥入住紀錄，也沒有任何一位拍攝隊成員的入住紀錄。

「Carmen 遍尋沙漠區其他酒店，都不見男朋友的蹤影。最後，Carmen 只得向領事館求助，領事館馬上展開調查，竟然發現，從來沒有一個叫郎雄彥的中國籍男子入境杜拜，而更令人驚訝的是，香港人民入境事務處方面，也沒有郎雄彥出境香港的紀錄。由此揭發，無論是 Carmen，無論是經理人公司，收到來自郎雄彥的通訊都是假的。

「第二位失蹤者叫提提，華籍女性，二十二歲，大提琴手。有份參與《參孫》在杜拜的拍攝工作……」

阿慕打出提提的照片，預備往下說時，小梓卻插嘴：

「長話短說吧，我想，換個名字就可以了，提提和郎雄彥失蹤的過程應該大同小異，不必重複。」

阿慕只好苦笑；像子彈一樣的小梓，追求速度快快快。喜歡跟小梓抬槓的阿樸又一次得着機會，他衝着小梓說：

「子彈小姐，太粗疏了吧！提提沒有男朋友追蹤去杜拜，而報案的是她的師傅，叫宋文；提提去了杜拜以後，一直與宋文保持聯絡，直至二十二號，也就是Carmen與郎雄彥失聯的同一天——這個細節非常重要——宋文再也找不到提提，翌日，他往中區警署報案說提提失蹤。」

阿慕出面阻止無謂的爭辯。他轉向高皆問：

「老闆，你好像不喜歡接下這件案件，很大壓力吧？一件啞case。」

「啞case？什麼意思？」阿樸不明。

「這件案件涉及一位阿拉伯公主，所以，阿聯酋方面說了，絕對不能把他們牽扯入內，雙方政府已簽署了保密協議書。在杜拜，我們不能展開調查，調查也不會獲得幫助。香港政府也暫且對兩名市民的失蹤秘而不宣，以免引起恐慌。」

「所以由我們來調查！」小梓說。

阿慕點頭，又補充：「香港政府會無限量支援。」

「呀！明白了，阿慕，多謝你的補充，原來還有那麼多仍未披露的詳情。」阿樸特意禮貌給小梓看，又問：「老闆，既然如此棘手，不如不接這個 case 啦。咁多限制，所為何事？巨額委託金？」

「哼，所為何事？公民責任囉。至於委託金，不提也罷。」一直不開腔的見希首度發言，她是高皆的外甥女，也是偵探社的行政經理。

「沒有委託金？」阿樸詫異。

「那又不是。」見希說了一個數目，非常不服氣：「我明園有隻貓不見了，貓主也出差不多價錢尋貓。」

阿樸數數手指，驚歎：「公民責任，字字千金。老闆，我不尋人了，轉去你明園尋貓……」

「不要鬧了。」高皆喝停，少有的煩躁。

這時候，前台的AI有方透過擴音機說：「訪客到了，在1號會客室。」

「收到了，謝謝有方。」見希回答，然後示意高皆離去。

高皆站起身，對阿慕說：「你們繼續。時日無多，抓緊時間作有意義的討論。」

「明白，放心。」阿慕答應。

高皆離開後，小梓才敢問：「『時日無多』是什麼意思？」

「不管是什麼動機，案件可歸類為綁架案，時間愈久，尋回人質的機會愈渺茫，甚而撕票。」阿慕解釋。

「直到今天，綁匪還沒有聯絡家人，沒有提出贖金。」

「所以非常傷腦筋；誰是綁匪？」

「為何綁架？」

「既然時日無多……阿慕，我們有多少時間尋回人質？」阿樸追問。

「郎雄彥的回程機票是十月五日，差不多可以肯定，綁匪預算最遲十月五日前完成整個預謀，十月五日之後，人質就是無用的廢物。今天是九月二十五日，所以，尋回二人的時間就只有約十天。」

「啊！」

＊　＊　＊　＊　＊

在1號會客室，訪客是兩女一男，分別是郎雄彥的經理人、黑鳥明菜的助手，從杜拜趕過來香港，另外一名年輕女子叫羽衣潔，是精通粵語的日本幹探。

「明菜的事業開始走下坡……我不應該鼓勵她接拍《參孫》……」黑鳥明菜的助手斷斷續續地說，雙眼通紅。

「郎雄彥也曾跟我開玩笑，又盲又滿面鬍鬚的死人，不如你代我去杜拜拍攝。」郎雄彥的經理人狀甚唏噓。

「明菜演的也是死人！說是女主角，只不過曇花一現，飾演參孫第一任妻子拿亭女子，最終被燒死！郎雄彥由頭演到尾，而明菜……」說不下去了。

羽衣潔拍拍她的肩膀安慰：「放心，我們一定盡最大努力找回她。」又揚聲跟高皆說：

「高皆生，黑鳥明菜透過視像試鏡獲得這個角色。拍了造型照，拍了宣傳短片，開過記者招待會……然後是身體檢查，按程序辦理一切入境杜拜的手續，然後出發往杜拜。失蹤之後，核對日本出入境，發現她乘坐的航班竟然是往香港。」

「郎雄彥也沒有去杜拜。」經理人補充。

「唔，比較能肯定的是，他們二人都身在香港。羽衣探員，你在日本有什麼發現？」高皆問。

羽衣潔苦笑：「拍硬照的公司說是杜拜一家公司的聯繫，其他什麼都不知道……」

「開記招的公司、拍短片的公司也同一口吻吧！高皆偵探，我們電影公司的遭遇也是一樣。」經理人再補充。

「至於負責身體檢查的醫療中心，則人去留空。」羽衣潔續道。

「醫療中心——」高皆馬上寫下這一項。

「我想起了——」這個時候，黑鳥明菜的助手說：「我陪伴明菜上醫療中心，檢查後，明菜說有暈嘔的感覺。我詢問護理員，她說是注射混合針的正常反應。」

高皆又把這一項摘錄下來。

經理人和助手之後的口供，對破案沒有多大幫助。會晤完畢，高皆多謝二人提供的資料，也多謝羽衣潔加入調查隊。

高皆送經理人和助手出去時不忘叮囑：

「若想起什麼，請你們馬上聯絡我們，任何細節都可能有用。」

兩人都連聲答應。

9

九月二十五日的拍攝。

柴可夫斯基B小調第六交響曲，《悲愴》第二樂章。

當柴可夫斯基B小調第六交響曲在聖彼得堡首演時，柴可夫斯基仍未為樂曲命名，一個法語詞突然在腦海出現——Pathétique，意為感人或可悲。柴可夫斯基於是命名交響曲為 Pathétique，柴可夫斯基非常滿意作品，每個音符也確實充滿感情。

第二樂章是一首圓舞曲——曾幾何時，這種優雅的舞蹈代表着快樂和解脱，柴可夫斯基卻使音樂脱軌了。舞曲變成五拍子，一瘸一拐，缺了腳的失衡，優雅仍在，傷痛卻如影隨形。

10

十八個月前。

阿布札比。

拉希德是酋長國一顆閃亮的新星，現年三十五歲，史丹福大學經濟碩士優等生。拉希德的星光不比七個酋長國內，他的近親遠親一眾王子的星光薄弱，不過，他必須低調，因為他受命出掌酋長國資金最雄厚的王族基金。在阿拉伯，金錢代表權力，權力讓人虎視眈眈，所以他必須低調，以免墮入萬丈深淵。

拉希德本人擁有所有阿拉伯王子共通的優點——散發個人魅力，喜歡冒險，遇到迎面而來的挑戰，眼睛閃爍發光。那一年，他十五歲，仍在英國讀書，哥哥哈立德，一名駐英國領事，以通姦罪被斬首。拉希德隨即被當時最高權力的邦長穆罕默德點名重點栽培。邦長告誡他必須謹慎，避開狼羣，狼羣有敏鋭的嗅覺，他們非常有耐性，等候獵物敗露致命的弱點……

「你要保持低調，要非常謹慎，要隱藏你的弱點。」穆罕默德對只有十五歲的拉希德説。

至於穆罕默德為什麼要成立資金雄厚的王族基金，至於基金有什麼弱點，我們慢慢會知道的，反正，最關鍵的一刻，拉希德來到了阿布札比，事情會開始揭露出來。

穆罕默德早已去世，三十五歲的拉希德出眾迷人，如果穆罕默德仍在世，他一定老懷安慰，今天的拉希德，交出亮麗的業績，證明穆罕默德獨具慧眼。老人家卻忽略了一樣——拉希德的母體也是狼！二十年防狼的戰鬥經驗積累，拉希德已經是一隻無狼可以匹敵的狼中之狼！

阿布札比，一座白得刺眼、防衛森然的高級別墅，一眾隨從在廊道下排列等候拉希德的奶油色超長房車駕臨。

拉希德下車，脫鞋，走入只有他可以進入的別墅。

「喵——」（你嚟咗？）

這一隻名叫Massaar，全身黑得發亮的貓大搖大擺喚了他一聲，綠如寶石的大眼睛懶洋洋跟拉希德打個招呼，拉希德未及回禮，黑貓已經搖着尾巴走開了。

「謝克哈！謝克哈！」拉希德揚聲。

大門徐徐打開，拉希德入內。

阿拉伯公主謝克哈從貴妃椅坐起身，面容憔悴，手上拿着一個呼吸器。她無力地叫了一聲：

「舅舅！」

拉希德趨前，坐到一塵不染的大理石地板上。謝克哈患有哮喘，阿拉伯常見的地毯在別墅缺席，可是，公主卻選擇了貓做她的侍從。公主的媽媽米沙爾在她三歲的那一年，從牛津帶來一隻精緻的琺瑯波斯貓送給她，這是媽媽送給她的最後一件禮物，此後，她再也沒有看見媽媽，媽媽送給她的所有東西也消失了，媽媽和屬於媽媽的一切在謝克哈的世界中退場了！

現在身處的現實世界，謝克哈沒有話語權，貓就是她唯一能保留的話語權。

「唏，不是說過，要多曬太陽，多走動？」

拉希德溫柔地從謝克哈的手掌中拿走呼吸器。拉希德望着被拿走的呼吸器，苦笑，說：

「杜拜沙漠太陽最猛，不但哮喘，連我也可以蒸發掉。」

自從媽媽被石刑處死之後，謝克哈成了棄兒，反正，酋長父王的公主王子多的是！穆罕默德安排曾孫謝克哈在酋長國七國輪流居住。今年，謝克哈即將被送往杜拜，這個她出生的地方，像死蔭幽谷般，每隔兩三年，向她招手。

「咦，謝克哈，難道你有水晶球，知道我快要讓你在杜拜沙漠人間蒸發？」舅舅說。

謝克哈一怔，然後，不可置信地，瞪大眼望着舅舅。那雙大眼睛，簡直就是媽米沙爾．賓特．法赫德的翻版，一個錯覺，還以為米沙爾的亡魂藏在裏面，向人發出召喚。

「呃，你的計劃！就是要讓我逃出生天的計劃可以實現？」謝克哈一個一個字吐出來。

不下一次，拉希德向謝克哈透露他的計劃，而這個計劃，經過多年反覆修正、演練，已近乎毫無瑕疵。除非真主，又或者西方世界所說的上帝出面阻止，計劃的成功率可說是百分之九十九點九。

拉希德充滿自信，愉快地點頭：「老穆罕默德愛你媽媽，勝過愛任何一位孫兒。愛就是一個弱點，愛需要妥協。妥協有時限……一旦時機成熟，一旦找到突破點，時限便結束，我便要作出完美的反擊。老穆罕默德要我摸着他的大腿發誓，要為你媽媽復仇，也要改寫你刻在牆上的命運。」

「為什麼時機成熟了，突破點又是什麼？」

一年又一年，謝克哈看着她的堂姊姊們，表親們紛紛逃亡失敗，有些甚至已經失聯。要改寫阿拉伯公主寫在牆上的命運談何容易，謝克哈長大了，不再天真。何況有黑歷史的阿拉伯公主謝克哈！她的理性判斷認為，舅舅成功機會愈來愈渺茫。

「你知道你嬸嬸哈雅王妃最近的遭遇？——她成功和邦長丈夫離婚，帶着一對子女逃往英國。」

謝克哈也有留意新聞。道：

「王叔有家暴記錄，我記得，是他單方面宣佈跟嬸嬸離婚在先。——這個就是你說的突破點？」

拉希德點頭。

謝克哈想一想，對前途開始抱有希望，興奮地說：

「我在沙漠假死，然後像嬸嬸一樣，去英國生活？」

拉希德卻搖頭，說：「你嬸嬸是約旦公主，有娘家保護，漫長的財產和子女撫養權訴訟在英國進行，而哈雅早已返回娘家約旦開展新生活。至於你，謝克哈，你沒有娘家庇蔭，所以，你必須隱姓埋名，撇掉公主身分，離開阿拉伯世界，我會安排你去法國一個偏遠的葡萄酒莊生活。對不起，只能這樣了。」

謝克哈沉默一會。抖擻精神，道：

「公主銜頭於我又有何意義？一點也不惋惜……舅舅，下一步行動是什麼？我如何配合？」

「我要先去聯合國一趟，然後去香港；整個計劃會在香港進行。你記着一個日子，明年的十月四日。」

「十月四日？那就是我灰飛煙沒的日子？」

「如果一切按我計劃實現的話，是的。」拉希德又説：「謝克哈，我不在的日子，你萬事小心。」

拉希德少不免有壓力，謝克哈剛好相反，如果能浴火重生，死一次又如何呢。

「遵命。」

她愉快地站起身，伸懶腰，道：「舅舅，我送你出去。Massaar——Massaar——」

不一會，黑貓侍從在門邊出現。

「Massaar，舅舅要走啦，我們一同來送他。你看你，胖子一名啦，快走不動了，不害羞？你需要運動運動。」

* * * * *

拉希德從倒後鏡望着外甥女公主和貓侍從步向黃昏小路。

有點依依不捨，但覺自己的責任超級重大，又為託付的任務終於可以實施而雄心萬丈。當超級房車慢慢駛離別墅時，拉希德跟車上的AI說：「我放在聯合國的人權報告可以釋放出去了；另外，預備私人飛機去維也納。」

一個月後，海牙國際法院就聯合國的「消除一切形式種族歧視國際公約」對阿拉伯聯合大公國宣讀了判決——指該國的女性權益持續惡化，現任邦長剝削妻兒自由，完全與現代世界法規背道而馳，法院促請七個酋長國用事實證明，阿拉伯世界與國際文明正積極接軌，特別在提升女性地位上顯示勇氣。

在歐姆古溫，判決書放在豪華的辦公室內。

一眾酋長聚集，對海牙的判決書暴跳如雷。有酋長毫不客氣，指責現任邦長穆罕默德家暴，和哈雅王妃的離婚吸引全世界的眼球。穆罕默德則反駁，作為父親，你們有誰未曾禁錮過女兒，有誰給予過女兒們自由？召開會議的歐姆古溫酋長則叫大家安靜：

「拉希德火速到聯合國周旋，他已回來，就快抵達。」

「為什麼每趟都是他！他的輩分是……」穆罕默德咆哮，舉起手指數數。

「不用數了，恐怕他是誰的兒子我們也忘了。」歐姆古溫酋長說，「進行國際游說沒錢不行，最大的公家荷包由拉希德掌管，你永遠都不能擺脫他。咦，他到了。」

「眾位酋長，真主祝福，姪兒拉希德向你們問安……在談論我嗎？沙漠吹來的風非常吵耳，我在車上也感受到噪音的暴烈。」

馬上，一眾酋長換了一副臉孔，堆起笑容，連番否認。

「沙漠的噪音只不過是飛鷹對死屍的叫囂，不是我們的閒言閒語。好姪兒，從國際帶來的，是喜訊，抑或是噩耗？」一位酋長問。

「如果不是喜訊，我怎敢在尊貴的酋長們面前出現，我和聯合國已達成一個修補形象方案。來，讓我告訴你們方案的詳細內容。」

拉希德一面說，一面給AI下達指令。馬上，偌大的會議室虛擬出杜拜沙漠，一個阿拉伯年輕男子站在其中。

「請你們套上VR眼鏡，AI會在虛擬場景內向你們解說，我如何透過一部電影的拍攝，來提升酋長國的國際形象。既然我們女性待遇被污名化，最佳辨法，就是找阿拉伯公主做代言人，重新塑造阿拉伯新時代的女性形象。」

繼而，AI公關在虛擬世界侃侃而談，手舞足蹈，穿梭上下古今解說方案。

講解完畢，AI和杜拜沙漠一同消失。

「可以除下眼鏡了。」拉希德說。

拉希德並沒有請各人就方案提問，穿着白色長袍的他，恍如一尊雕像，微笑，堅強地站着，即是說，方案並不需要酋長們的同意，甚至表達意見。

歐姆古溫酋長用嘉許來打破沉默：「單是拍一套戲就能一洗我們國的形象，真是快捷簡單不過。拉希德，你從來不令我們失望。」

另一位酋長還說：「電影上演，我們的娛樂事業又上一層樓。」

不過，既然不用酋長們掏腰包，又不需要他們的同意，拉希德花費唇舌來現場推銷，目的是什麼？最年長的一位酋長不免疑惑，他問：

「我們有哪一位女兒能擔此重任，有哪一位公主能吸引全球的目光？」

馬上，全部酋長提高警覺，向拉希德投來戒備的目光。拉希德還以堅定的眼神，掃視全場，說：

「人選已敲定了，是謝克哈．賓特．法赫德。」

「啊——」

此語一出，全場哄動。

＊　＊　＊　＊　＊

在車上，AI幫拉希德開啟竊聽器。拉希德離開歐姆古溫的會議室後，對拉希德的謾罵聲猶如海嘯，此起彼落，最響亮的一句，莫如：「等電影上演之後，馬上將謝克哈囚禁，要她像奴隸一樣生活。」

「等電影上演之後，馬上將謝克哈囚禁，要她像奴隸一樣生活？哼！」拉希德喃喃地說。即使狼羣的反應在拉希德預計之內，但他仍禁不住情緒波動。但很快，在飛往香港的途上，拉希德已撫平情緒。

這是一場狼與狼的對決，勝方屬於嗅到時機的狼，伺機猛然出擊的他！

＊　＊　＊　＊　＊

海灣投資公司，KBW Venture。香港辦公室。

員工為拉希德展開複雜的施工圖冊，投影器打出香港最南端的一幅地皮。地皮由KBW購入，用鐵絲網圍封，寫着「私人發展地區，外人不得擅入」，多年用來曬太陽，現今即將大興土木。

當員工娓娓介紹施工藍圖時，拉希德卻把視線投向地皮西南方上的一座山——鳳凰山。

鳳凰山經常讓他聯想到杜拜的哈賈爾山，這也是他當年買下地皮的其中一個原因。員工用了一個小時還要多一點向他匯報，最後，拉希德只問了一句：

「能按時完成這個杜拜沙漠區度假村？」

員工説絕對可以。其實，杜拜沙漠區度假村不只一個，只是這個酒店最早建成，便優先用了這個名字。KBW 即將完全抄襲過來，成為在香港第一個複製品。

批准動工之後，拉希德馬不停蹄，主持另一個會議——他要在香港開設多不勝數的公司呢！

這些公司全部為拍攝一部電影而設立。KBW 將一眾公司巧妙拆開，由大公司拆開成細公司，細公司之下又有子公司，子公司拆分出分子公司，分子公司又再細拆出納米公司。公司和公司之間已分拆得互不隸屬，更不知道原來是同屬一間母公司。上星期，CEO 將有如電路網的公司架構圖給拉希德看，拉希德還是不滿意，指着兩家公司説：「租用道具公司和拍宣傳短片公司不能在同一座大廈，要確保他們的水牌不會同時出現。」

CEO 收回架構圖。

今天會議上，CEO 把修正的公司架構圖遞上，非常自豪地說：

「你聽過中國人的遊戲『畫鬼腳』？這就是畫鬼腳，這是世上最複雜的畫鬼腳，你要非常費神才能找出源頭。」

拉希德終於「收貨」了，如此大費周章，目的就是要讓人追蹤不到電影的拍攝，更不能順藤摸瓜，找到 KBW Venture，至少二十天內不能。

不過，有三家公司，會由拉希德親自領軍——一家是網路駭客公司；另一家是醫療中心；最後一間，也是最重要的一家，是VR虛擬實境公司。

駭客公司會在電影開拍之後，操控有關人等的對外數碼通訊！

醫療中心會為電影演員植入納米VR視鏡！

虛擬實境公司，會複製出東京羽田機場、香港國際機場、杜拜國際機場，以及杜拜沙漠。

一切準備就緒，拉希德預備按鈕，啟動代號「亡魂的召喚」行動。

按鈕在哪兒？按鈕在抽屜內——

拉希德拉開抽屜——

抽屜內，一個等待寄發的包裹，包裹收件人是宋文。

拉希德慎重地拿出包裹，啟動「亡魂的召喚」。

11

九月二十八日的拍攝。

按排序，提提這天會奏響華格納音樂劇《漂泊的荷蘭人》第二幕。

華格納可說是歌劇史上最具影響力的作曲家，他在音樂界的地位得以肯定，卻要等到一八四三年在德累斯頓首演的《漂泊的荷蘭人》。在歌劇中，華格納把船長荷蘭人塑造成擁有人類原型特徵的代表——「渴求從人生的風暴中歇息。」

浪漫的音樂家們非常執著於愛情，總認為愛情就是生命的救贖。《漂泊的荷蘭人》也不例外……

音樂評論家海涅曾嘲笑《漂泊的荷蘭人》，是「浪漫主義者的鬧劇，執著於以愛情為救贖……」。

神秘幽靈號船長荷蘭人一生在海上漂泊，每七年可以靠岸一次，尋找一位對他至死不渝的妻子，解開他終生漂泊的毒咒；毒咒是因他曾被魔鬼收買得到的懲罰。

至死不渝的妻子最終會否出現？劇中女主角珊塔會否像其他女人一樣對他不忠？

開端的圓號如今被大提琴取代，音色像歌劇女主角珊塔一般溫柔，為船長帶來一絲的希望。

隨着大提琴響起，阿禮按電腦——合成的木管旋律徐徐融入。

12

同一日，九月二十八日，香港科技園。

羽衣潔和扮演她助手的阿樸，在一家掛着「淼」的數碼電影製作公司的水牌前等候。透過玻璃門望進去，公司面積不大，裏頭亮着燈，職員卻一個也沒有。羽衣潔為高皆帶來高度秘密的驚人消息：黑鳥明菜應該身在香港！日本派她來協助調查，營救黑鳥明菜。兩邊政府為了找出自己的公民而走在一起。

羽衣潔來港數天，對香港這座魅力之都嘖嘖稱奇，特別是年輕人，大都散發着一股懶散又辦事快速的矛盾特質。

吱——吱——吱——

長廊盡頭響起聲音，明亮的燈光下，一雙波鞋，一件膠質透明長衣，一杯行動咖啡，一位長髮披肩的年輕女孩……不到十秒移動到二人面前。

「羽衣生，樸生，準時啊！星雨，開門。」

啪的一聲，門應聲開啟。

「你肯定影片叫《參孫》？你肯定這是電影敲定的正式名字？」女孩已經把長髮盤到頭上，開始在電腦面前快速運作。

「肯定的。女主角黑鳥明菜，男主角郎雄彥，我連宣傳短片都傳給你了。」羽衣潔忍耐着説。

這樣的對話近一兩天重複了不下十數次。

羽衣潔假扮成一名日本電影製作人，來香港尋找《參孫》的導演，籌備開拍一部新戲。「淼」到底是她和阿樸走訪的第幾家公司？她已沒有氣力計算了。比較慶幸的是，「淼」的行政經理並不堅持home office，讓他們到公司實體開會。

眼前的行政經理原來只是一名年輕女孩，在日本，這真是天方夜譚！還是因為阿樸說「淼」可以抽取豐厚的佣金，才得以與她面談！

「Trailer片尾沒有打出導演的名字。不過，我有方法找到的。」

塑膠長衣發出「悉悉悉」的聲響，證明女孩的行動力，果然，十分鐘後……

「呀，找到了，trailer導演叫劉惠菁。好啦，讓我來核對一下我們旗下導演名單……」

「滴滴滴」的，電腦又快速運作。

「咦，沒有啊，沒有叫劉惠菁。不過，難不到我的。劉惠菁，我要把你找出來。」因為豐厚的佣金來了拚勁，又或者香港人就有這份不服輸的拚勁。

果然，劉惠菁又給她找着了。

「不過，聯絡的公司是做廣告的……我打電話過去問一問。」

又一次原地踏步！——據廣告公司說，他們只負責trailer，跟電影一點關係也沒有，而劉惠菁只是freelancer。

「廣告公司說，要聯絡劉惠菁，一定要through他們，要嗎？」

「什麼是『呼』他們？」羽衣潔不明所以。

「算了，一句話，劉惠菁不是《參孫》導演。」阿樸擺手讓羽衣潔不要再問。

阿樸想一想，轉換另一個方式問：「其實你們的系統是如何分配導演工作的？」

「唔，」女孩有點不情願，支吾以對：「……總之不是片名呀，演員呀，這些都會不斷改變。」

「唉，怎麼辦？」羽衣潔配合着阿樸，皺眉道：「我的電影投資方指定這個導演。」

「首先是商會，然後是價位。」馬上，經理女孩爽快回答。

「首先是商會，然後是價位——那麼……」阿樸開始思考……

這個時候，羽衣潔語氣甜甜的對經理說：「我想去洗手間，請你帶我去。」

經理女孩滿口答應，拿起通行證幫羽衣潔引路。

二人出去以後……

阿樸的手機彈出新訊息，是羽衣潔：

請你找出商業登記證，然後把它拍下。

「拍下商業登記證？」

阿樸一時間意會不過來，不過還是在二人回來之前完成羽衣潔交付的任務。

二人從「淼」走出來……

「羽衣生，如果你肯定你要找的導演是我們旗下的導演，千萬不要私下接觸他，商會會找我麻煩。」經理女孩叮囑。

「羽衣生，如果我們失業，可以考慮轉行拍電影。幾天下來，我覺得我已掌握了電影的操作方式。」離開科技園時，阿樸打趣說。

羽衣潔同意：「好啊，副業也行，我有很多可以改編成劇本的偵探故事。不過，好像首先要加入某一個工會。」

「商會。」阿樸糾正她：「香港沒有工會制度。羽衣生，為什麼要我拍下商業登記證？」

羽衣潔一笑說：「因為你懂得問問題，樸生，當經理女孩回答說是跟價位安排導演工作時，我突然想到，所有線索都是跟錢走的。之前我們太浪費時間追蹤電影拍攝，其實，我們應該追蹤的是資金流動。」

「資金流動……」阿樸細味這句話，然後……「啊，明白了，只要查核公司最近的收支，就可以找出《參孫》的導演是誰，是也不是？」

羽衣潔點頭：「甚至找到投資方，那才是最大的收穫呢！」

「我們趕快回偵探社，是時候要香港政府出手了。羽衣生，真高興，終於有點收穫了。」

這個收穫又花費了一天半的時間！請政府發出行政指令需時，銀行配合政府指令公開客戶資料也有重重關卡。若非牽涉兩地公民，不要說一天半，應該是永遠都辦不到。

在偵探社，終於迎來大家緊急等候的資料。

資料由銀行以密件形式送來，必須要高皆親身收件，高皆先要在手機驗證，速遞才能開啟盒子把信件交到高皆手上。

高皆拆開信件，所有人圍攏過去，羽衣潔被摒在外圍。

最近，「淼」數碼電影製作公司有兩筆大額收支。收入一筆由另一家銀行傳入，支出一筆直接過戶給一個叫關治禮的人。

「關治禮，老闆，關治禮莫非就是導演？」阿樸問。

「關治禮是綁匪？」阿梓追問。

時間愈來愈短縮，經驗老到的偵探都失去了方向。這個時候，高皆將信件遞給阿慕，問：「阿慕，你怎麼看？」

阿慕仔細看銀行文件，抬頭説：

「銀行沒有透露數碼電影收入的一筆從何而來，連銀行名稱也不透露。老闆，這樣一筆大數，難道用解款車運送去銀行？」

「什麼意思？」阿梓追問。

羽衣潔在外圍回答阿梓：「即是説，投資方財雄勢大到一個地步，銀行提也不敢提。」

被眾人打岔的阿慕續道：

「關治禮應該是導演了，他帶着連同男女主角整個團隊拍戲。不管他是不是綁匪，或者是綁匪的其中一個……我很不安，尋到他就好，若尋不到他，案件又打回原形，他是唯一和最後的線索，要斷線了。」

「怎會找不到他？有名有姓。」阿樸大聲說。

「有名有姓嘛，阿樸，那麼你快點去找關治禮吧。」高皆竟然高興起來，又對阿慕說：

「斷線也不是壞事，如果斷線，證明我近日的推敲方向正確。」

「高皆生，我近日也在推敲，恐怕和你的方向近似！」羽衣潔語帶神秘。

阿樸欲追問，阿慕卻催促：「快去找關治禮！」

「知道！」

阿樸一面致電「淼」，一面走出去，羽衣潔尾隨。

小梓不快，她跟不上呢。

高皆明白她的心思，說：「小梓，你快要出場了。」

「真的？」一下子開心起來。

* * * * *

「關治禮？關治禮就是導演？明白了，我們在科技園會合。」經理女孩在電話另一端說。

「不能將他的資料立刻傳給我？」阿樸問。

「不能下載，資料只存在公司主機。」經理女孩解釋。

＊　＊　＊　＊　＊

在KBW Venture總部，CEO拿着公司架構圖敲拉希德的門。

「這家公司，」CEO指着「淼」數碼電影製作公司，續說，「銀行告訴我們，香港政府要他們披露公司最近的資金流動。」

「這家公司負責什麼？」拉希德立刻問AI。

AI進行運算，秒速說：「委託關治禮導演以及他的團隊。」

拉希德下達指令，對「淼」數碼電影製作公司進行網路攻擊。

＊　＊　＊　＊　＊

羽衣潔和阿樸火速來到科技園，經理女孩已在電腦前工作。

當二人推門入內——

「呃，我們被駭客入侵，資料全被鎖住，要求贖金！」抬頭，一面驚恐。

＊　＊　＊　＊　＊

當羽衣潔他們離開之後，高皆跟阿梓解釋斷線不是壞事的原因：

「找到關治禮導演固然好，若找不到，那就證明綁匪絕非等閒之輩，連綁架原因也不用向外透露。比方一隻深水潛艇，沒人知道它是何方神聖，藏在哪兒，駛往何處，執行什麼任務。」

「老闆，多謝你稍稍釋放我的不安！」此時阿慕插嘴，又跟阿梓說：「我們把潛艇逼得那麼緊，無論如何，它都要有動靜，一有動靜，雷達就能探測得到。阿梓，之前有壓力，加上沒有頭緒……現在終於找到一點點自信。」

阿梓也露出笑臉。「好啦，就看雷達探測到什麼！再大隻的潛艇，沒有我們不能對付的！」

阿慕點頭同意。

不久，阿樸傳來訊息：

不好了，「森」被駭客入侵，所有資料給 lock 死。

「嘿嘿，嘿嘿——想不到第一個線索是駭客，阿慕，我們快把駭客逮住。」阿梓上火了。

一場網絡大戰瞬間展開。虛則實之，實則虛之，戰況激烈，雙方戰士筋疲力竭。駭客一方傷亡慘重。

一名駭客從電腦抬頭，跟主帥說：「大將，守不住了。」

主帥茫茫然，掃視全場，最終，拿起直線電話向拉希德請示。

* * * * *

由香港警方、小梓和羽衣潔組成的小隊，像衝鋒車一樣衝上大埔一幢剛落成不久的三棟屋。

警方一落車即包圍三棟屋，預備將駭客一網成擒。

羽衣潔、小梓分別拿出手槍。

嘭——

破門而入。

「喔噢——」

空無一人！

「來遲一步，全走了！」小梓向偵探社報告。

13

十月一日。

杜拜？香港？

駭客來到新的據點。主帥原想引咎退場……

「用 plan B。」直線電話另一端，拉希德卻指令：「我當然會追究，但還不是時候，你要堅守到最後。一個星期後，我會跟你算帳。」

＊　＊　＊　＊　＊

「咦！」

這一天拍攝完畢，西瓜刨等人回到度假村，看見幾個陌生的阿拉伯人臉孔。

「奇怪，不是包場嗎？怎會有其他人入住？」西瓜刨自言自語。

Carrie 抬頭一看，全是年輕人呢，頭巾飄揚，身上穿的卻全是運動服。

「公主的保安啩？還有三天就煞科了，公主預備出場啦！」

「呀——一定係咁，除非唔係。」Toby 連連點頭，「咁公主呢？」

「你傻咩，公主當然唔住度假村。」負責佈景的 Carrie 比較關心駱駝，問西瓜刨：

「你知道駱駝運咗嚟未？」

「駱駝運咗嚟未？哈哈——哈哈——你認為我有資格回答你？」西瓜刨打哈哈。

「邊個有資格回答 Carrie？導演？」Toby 一面聽，一面問。

沒有人想回答，真心不知道。

「怎麼這幾天導演都不跟大隊回度假村？」Toby 又提出另一個問題。

「他在沙漠冥想。」一今趟，了解阿禮的西瓜刨輕易回答。

「在沙漠冥想？他當佈景沙漠是真沙漠？」Carrie 有點不可置信。

「我比較關心耗電量。咦，話時話，覺唔覺，這一兩天數據穩定返？咦，好似阿拉伯人嚟咗，數據就強勁咗。阿拉伯人強呀！」Toby說。

「我仲係唔明，天都黑齊啦！冥想？睇到啲咩？」Carrie疑惑。

「唔知呢！」西瓜刨聳肩，道：「穿越虛擬，見到鳳凰山啩！」

14

九月三十日的拍攝。

貝多芬C小調第五交響曲第一樂章。

第五交響曲於一八〇八年平安夜之前在維也納首演，此後，在樂迷票選活動中，第五交響曲都會列在最喜愛的樂章名單中。關於這首樂曲，不斷有各色各樣的傳說，而其中一個最深入人心的，莫如有人說，貝多芬曾用「命運在敲門」來形容這個樂章。

不管真真假假，首四個音符不但與勁道十足的後段配合得天衣無縫，是之前的交響曲所未見。

命運找上門，人類除了憤怒、心驚之外，靈魂也會響起與風暴對抗的叫嚷。音樂顯得猶疑的時刻不多，但其中一次卻悄然奏起一段短小的雙簧管獨奏，令人悲傷不已。

拍攝的時候，雙簧管由提提的大提琴替代。參孫仰首，是你嗎？是第一任妻子拿亭女子？第一任妻子是他的初戀，也間接死在他的手上。參孫終於與初戀的亡魂相遇，他淒然，在樂曲中默默承受自己的命運！

前世今生，一切可以結束了吧，大家的靈魂可以安息了吧！

15

我的回憶已接近尾聲，而雨聲唏呢嘩啦的，還未有停下的意思呢！雨在等什麼？我要如何為回憶畫上句號？

房子很安靜，雨勢轉弱時，屋內偶爾傳來細碎的聲音。房子是夏先生的。我已回到Summer身邊，安全回到她身邊。Summer又回到夏先生身邊。房子是新的，夏先生、夏太太，還有我拉撒路，一同在新房子重新開始。我死裏逃生，和Summer團聚……

應該是Summer媽媽的庇佑吧。

舊事已過，都變成新的了。

Summer媽媽喜歡說《聖經》，她生前曾說過一個有關雨的《聖經》故事，當時Summer的眼睛瞪得大大的，我才發現，Summer有一雙非常漂亮的大眼睛。故事的細節，Summer已耳熟能詳，說到雨的一段，Summer一定會瞪大眼，屏息以待。

基列寄居的提斯比人以利亞對亞哈說：「我指着所事奉永生耶和華——以色列的神起誓，這幾年我若不禱告，必不降露，不下雨。」……以利亞對亞哈說：「你現在可以上去吃喝，因為有多雨的響聲了。」亞哈就上去吃喝。以利亞上了迦密山頂，屈身在地，將臉伏在兩膝之中；對僕人說：「你上去，向海觀看。」僕人就上去觀看，說：「沒有什麼。」他說：「你再去觀看。」如此七次。第七次，僕人說：「我看見有一小片雲從海裏上來，不過如人手那樣大。」以利亞說：「你上去告訴亞哈，當套車下去，免得被雨阻擋。」霎時間，天因風雲黑暗，降下大雨……

人總愛說：天有不測之風雲，人有霎時之禍福。而以我作為貓的愚見認為：沒有無緣無故的愛，也沒有無緣無故的恨，既然如此，世界上，也就沒有無緣無故的雨了！

我要如何為回憶畫上句號？回憶中，我最掛念誰？提提？或者是，她的酒紅色手提包！

那一天，當我在宋先生的帳篷歇息時，提提走進來——她不是我，沒有貓的本事，我不知道她如何闖門——總之，她闖進來了，還睡到帳篷上，當然，還有她那個酒紅色新包包。不到半分鐘，她睡倒了，半夢半醒，她看見我，喚我一聲，我嚇了一跳，不假思索，竄進了——包包！

後來我聽聞，在明園附近，張貼了我的肖像……但我身不由己，我不在明園，也無法告訴人我身在何處。我可以一如既往，到了時候，「識得返屋企」？當然不能，乘坐酒紅色包包，我跑了很遠的路。在一間度假村式酒店落腳……

為什麼我不告訴提提我搭了她的順風車？我看她不像度假，更像來工作。我不想因為我打亂她的工作。有點心虛呢——其實，那麼漂亮的酒店，那麼大的遊樂場……我不想立刻被送返明園。

我知道對不起Summer，可是，我已經一把年紀，來一趟冒險，也就不枉此生了。而且，我有Summer媽媽，她一直都在庇佑我們。

拉撒路的名字是 Summer 媽媽給我起的，你知道拉撒路是什麼意思？拉撒路源自一個希伯來名字，意思是「神所幫助的人」。

咦，天地昏暗，我看見又一塊烏雲迅速飄來——我知道如何為回憶畫上句號了。

16

羽衣潔和小梓帶着小隊，荷槍實彈——

衝上醫療中心，人去樓空。

衝上VR體驗館，人去樓空。

「唉——又撲一個空。」小梓收槍入袋。

羽衣潔看一看腕錶，今天，已是十月一日！

＊　＊　＊　＊　＊

「老闆、羽衣生，我記得你們説過，不約而同，向近似的方向推敲，到底是什麼方向？不要賣關子了。」阿慕問。

頂受着巨大壓力的阿慕，就快「爆煲」！

高皆不響，lady first！羽衣潔會意，開腔説：

「大家都知道，日本女性地位低微。最近在國內，為了王室繼承問題，和公主的婚姻，鬧了很大的風波……」

這個時候，高皆打斷羽衣潔，道：「羽衣生，日本女性地位已經一天一天追上來，你們的東京都知事不就是一位能幹的日本女性？公主要嫁平民，只要她堅持信念，王室也要讓步。不比阿拉伯世界……我在構思一個海灣謀殺小説，參考一份新聞資料：阿拉伯王妃，幾經辛苦，逃出丈夫的魔掌。這只不過是阿拉伯女性成功反抗的唯一例子，還是因為她有強大娘家約旦做後盾。」

當二人會心微笑時，其餘的人卻啞聲、滴汗。

高皆不想難為眾人了，畢竟，已到了臨界點，他問阿慕：

「阿慕，你查辦一起案件，會首先弄清什麼事項？」

阿慕立刻回答：「當然是罪犯動機；一旦弄懂罪犯動機便速速破案，萬試萬靈。」

「咦，這起綁架案，動機是什麼？我們沒有理會……」小梓插話了。

「小梓，時間緊迫，優先營救人質要緊……咦——」阿慕開始意會過來。

犯罪動機呢？

「再緊急，也要先找出動機，是這樣嗎？」阿樸幫阿慕說下去。

「老闆，為什麼不早揚聲？」小梓不滿，「要我撲左撲右，太殘忍了。」

「小梓，你還不明白老闆，他沒有十足把握，是不會左右我們的。」阿慕說，又再問高皆，「老闆，阿拉伯公主──就是綁架案的動機？」

高皆一笑，對小梓說：「正如阿樸所言，一開始，我沒有十足把握動機和阿拉伯公主有關；不過，你左撲右撲，一點也沒有白費，我就是靠你們的行動，和沒有成果的行動，一步一步走湊合成最近似原因的畫面。」

羽衣潔點頭同意，說：「這是一宗阿拉伯女性爭取自由的案件。作為日本女性，我比你們更快掌握到重點是可以理解的。但你們的努力完全沒有白費。」

「沒有白費？呃──」阿樸攤手，聳肩。

「就算我們知道動機是阿拉伯公主，那又如何？為何要拍戲？關阿拉伯公主什麼事？最重要的是，人質在哪兒？」小梓連珠炮發。

「小梓，你所有問題，只要邀請到一位人證來作供，便全部有答案。」高皆說。

「誰？」

「我明園的一位鄰居。」

17

Carmen 飛抵杜拜翌日，寄給宋文的那支手機又再響動……沒有來電多天了。

宋文疑惑，慢慢拿起手機，接聽。

「喂！」

「那個男演員，他有女朋友，你知道吧！」男子的聲音，阿拉伯語，省略了稱呼。

這是一支直線電話，而且只可接聽，不可回電。

宋文想一想，回答：「我聽提提略略提過……，叫 Carmen，她怎樣了？」

「她飛去杜拜找男朋友。」

「哦——？」

「你的徒弟不知道？」另一端又問。

「她？……」

「即是說，你不知情？」

「我不知情，對，我不知情……影響計劃？」宋文問。

「絕對有影響。」

「那我該做什麼？」

「你明天去報警，說徒弟失蹤了，在杜拜一直有聯絡，忽然失聯。」

「好的。」宋文答應，又問：「我的徒弟，提提，她現在安全嗎？」

「安全，當然安全，我的計劃不會失敗——相信我！」

不知道為什麼，對方説「相信我」時，宋文手心冒汗……他勉強令自己的聲音如常：「我要結束音樂製作公司嗎？」

「不用……你怕什麼？要你去報案，就是要將你從調查對象中撇除，如果你有任何異動，警方會懷疑。」

「好的，明天我去報案。」

對方掛線了。

翌日，宋文按照指示去報案。回到明園——沿途看見這處那處都張貼尋貓單張。

「啊——拉撒路，真的是拉撒路！」宋文站住，定睛來看。

想到Summer，不禁皺眉，低頭，滿懷心事的走着。

「哎喲！」

在大廈入口，差點撞到從明園走出來的一位女子，女子馬上護着抱在懷裏的一疊紙張！

「對不起。」宋文抬頭，抱歉。

女子是五樓A座的……？只記得戶主姓高，私家偵探，眼前的女子是戶主的外甥女。

她自我介紹姓張，在幫夏太太尋貓，當然是因為賞金。不過——

「這不是重點，重點是，人命是命，貓命也是命。」張小姐強調：「不能因為他是一隻貓就不顧。」

「嗯——當然。」

「如果你看見拉撒路，馬上通知我。」張小姐給他一張單張，「上面有聯絡電話。或者你想起什麼，也可以聯絡，牠是你的常客。」

「牠沒有露面很久了，我也覺得奇怪。」宋文接過單張。

宋文感到震驚的是，張小姐不經意提起了提提：

「誰也說不上拉撒路哪一天開始沒有回家。大廈管理員開玩笑說，提提沒來的那一天開始，拉撒路也隨之失蹤。那就是提提沒來的前後日子失蹤吧！」

二人再交談了一會，分手了。

回到單位——

沒有更衣，沒有開燈，呆呆的坐着——

「唉——」

坐在暗角的宋文聽到自己長歎一聲，聲音響亮得嚇他一跳。

這聲音讓他知道自己心情無比沉重！為什麼？拉希德說提提安全，可是，我可以完全信賴這個阿拉伯人？

只是數次謀面的人，認識他的時候，他還是少年，總是站在老穆罕默德身邊。最後一次會面，是老穆罕默德的喪禮！全王族的阿拉伯人都來了，黑色的喪袍像烏鴉一樣蓋滿天空，一陣怪風吹起，黑袍飄揚，宋文抬頭——

與拉希德的眼睛相遇——

再也不是稚子的眼睛，烏鴉？狐？都不是，是狼！

我能否相信一隻狼？

宋文開始細味那通電話。

安全，當然安全，我的計劃不會失敗——相信我！

拉希德說他的計劃不會失敗，所以提提是安全的。萬一計劃失敗呢，那麼——

難道提提就不安全了？

「啊！」

宋文立刻拿起電話，想打電話給提提，立即又放下——

不對，所有的通話都已經給拉希德的駭客截聽和操作！

我到底可以做什麼？報警？我已經報了一次警，而且，我有被監視嗎？忽然，宋文想起——

不用……你怕什麼？要你去報案，就是要將你從調查對象中撇除，如果你有任何異動，就會讓警方懷疑。

——你怕什麼？

「啊呀——」整個人跳起！

他看見我！拉希德看見我，他看見我手震！我全方位被監視了！

立刻離開？想扮作一無所知？哪一樣最穩妥？

最後，他冷靜下來了，為了提提，他要想出一個萬全的辦法。首先，他需要知道他被監視到什麼程度。

他想起音樂製作公司。音樂製作公司是拉希德要他成立的——

「如果音樂製作公司有什麼動靜，而拉希德馬上知道，那就證明監控絕對嚴密了。」宋文心想。

立刻，來了一個想法。

他用手機上網，瀏覽公司註冊網頁，查詢「結束一家公司，有什麼程序和手續？」

翌日，宋文一覺醒來，如常煮咖啡，如常出外散步。

明園外——多了幾張陌生臉孔！

果然被監視了，行動異常迅速，並且升級了，就在宋文瀏覽商業登記署網站之後！

宋文強自鎮靜，慢慢散步，他習慣早起，趁太陽未曾高懸，走下斜坡，向海的方向繞一圈。這一天的路線也一樣。一個、兩個，有兩名陌生人跟着他移動，並不介意讓宋文知道他們的行動，也不來打擾他。他扮無知，不時在尋找拉撒路的單張下面站一會——

三十分鐘後，宋文回到明園。坐到沙發上，直勾勾望着前方！這樣坐了不知道多少時候，直至猛烈的陽光透進窗內，他才移動一下僵硬的坐姿。

之後，終於想到一個不是辦法的辦法。為了不引起懷疑，他並沒有立刻執行計劃，而是如常生活，三天後……

這一天，陽光明媚，宋文環視房子——依戀呢！

今天他擁有的一切，都拜米沙爾．賓特．法赫德所賜。不過是別人的恩澤，不過是有權有勢的人的賞賜，如果時限已到，賞賜的人要把所有收回，也無不可吧，甚至他的命，也可以收回。

宋文苦笑一下。他起身，為自己煮一份最後早餐……三個小時後，他收拾好一切，本想掉下那支手機，掙扎好一會，把電話一起拿走，鎖上門，離開明園。

口袋中，一本意大利護照！

他打算徒步往中環廣場，走入領事館尋求庇護，拿出那支電話，供出一切，要求營救提提。

從明園出發，落山，經過合一堂，經過大館，經過荷里活道……步幅不徐不疾，看似不趕時間；穿日常服，看似去辦事，或赴約；按指示，電話不離身……一切均沒有可疑。

兩名陌生人和他採取同一路線，神態比早幾天輕鬆，應該是，宋文的策略奏效。

三十分鐘後，中環廣場在望了。宋文心跳加速，腳步有點不穩，太陽穿過雲層突然照射下來，他本能舉手一擋……就在這個時候——

鈴——鈴——鈴——

口袋中的手機鈴聲大作，同時間，身後也傳來電話響聲。

其中一名陌生人站住，聽電話，然後抬頭，把目光投過來……宋文按住口袋，彷彿，這樣一按就可以把鈴聲止住。

不過，鈴聲更響亮了，直衝他的耳膜……他看見陌生人慢慢向他走來。宋文望向中環廣場，咬牙，提腳，狂奔！

「別跑！」

他聽見二人叫他，他跑得更快，後面的腳步聲快如沓雜，愈來愈響，愈來愈近。

只要走入中環廣場，二人便不敢放肆……宋文用盡全身氣力奔跑。

「喂——」

一隻手抓住他的衣領。

「阿伯，小心走路，你差點跌倒。」陌生人放開手，對他說。

另一名陌生人走到他身邊，佯裝扶他，其實挾持他。

所有鈴聲戛然而止。

「領事館不是你應該去的地方，跟我們走吧。」二人推拉宋文。

「上頭說，要拿走手機。」

陌生人伸手入宋文口袋，宋文掙扎。這個時候——

「放開他！」

三人抬頭，看見兩名女子。

羽衣潔！小梓！

18

高皆懷疑明園住客宋文參與綁架案純屬巧合，話說他構思海灣謀殺短篇小說、蒐集資料時，竟然在一張舊照片中看見一位青年大提琴手似曾相識。

「同場還有一位年輕的阿拉伯公主，照片拍攝年份是一九七五年，牛津一座教堂。」高皆向眾人解釋。「我再追查，證實照片中的青年大提琴手確實是鄰居宋文。」

「Carmen 往領事館報案翌日，宋文也在香港報警尋求協助。」阿慕補充。

「行動也太快捷了吧，宋文和徒弟失聯不足十二小時。」阿樸馬上想到這一點。

「哼，穿崩了。」小梓說。

「若不是開始懷疑宋文，你不會留意這個細節的。查案，始終要上天的幫助，或者說是運氣也可以。」篤信科學的阿慕有這麼一個結論。

於是，阿慕派阿樸開始去監視宋文。阿樸不斷易容跟蹤，完全不被發現，不久，阿樸報告說，另有一幫人開始跟蹤宋文，阿慕於是增派了人手——羽衣潔和小梓。

宋文出逃當天，有市民上傳影片，在中環廣場門口，見有兩男兩女大打出手。瀏覽次數超高，有留言說「女的把賤男打得真狠」；另一則留言則認為「是情傷迫出真功夫」。

易容的阿樸則趁混亂輕易把宋文搶到手，帶回偵探社。

以下是宋文的口供：

我認識阿拉伯公主米沙爾是在一九七五年春天，她來牛津求學。一位阿拉伯公主忽然降臨基督教教堂聽室樂演奏，轟動整座牛津市，而公主的美貌更讓年輕男子們心生愛慕。不過愛慕之情瞬間退去，因為米沙爾很快和她的一位表親哈立德出雙入對，這是不倫之戀——公主已婚，並育有一位女兒，她的丈夫是酋長國國君，當然，國王不只米沙爾一位太太。無論如何，哈立德的出現，使愛慕瞬間轉為失望，甚或鄙視，唯獨我例外……我心裏明白，此生，對米沙爾愛慕之情都不會改變了。

公主的不倫之戀成了阿拉伯世界的一枚炸彈，一九七六年，踏入初夏，一天，米沙爾突然來找我——她要逃亡，她需要我的幫助。

「哈立德已被捉拿！」兩行淚凝在米沙爾的面上，而美麗的大眼睛卻無比堅定：「我不能死，我有一位女兒，我要用我的生命來保護她。」

我問米沙爾我可以為她做什麼。

「我要逃亡。你幫我去倫敦機場買機票，飛往什麼地方的機票都可以，總之，是最快起飛的航班。」

米沙爾的高度和我相若，我把我的衣服給她穿上，讓她女扮男裝。我們摸黑登上往倫敦的火車。在火車上，我把我的護照交給米沙爾，她非常驚訝。

「單是女扮男裝是不能過關的。」我對她說。米沙爾承認考慮得不周詳，又問：「你沒有護照怎麼辦？」我說會去報失。

不過，等候米沙爾的是天羅地網！一抵達機場，我們便被捉拿，而且馬上被分隔，從此，我再也沒有見到米沙爾！

我被監禁大概一個星期後放出來，帶去見一位老人家。……今天綁架案的主謀拉希德站在老人家身邊，當年他是十五歲的少年。

老人家說他是阿拉伯邦長，米沙爾的外公。

「是米沙爾救你一命，她一定要我救你。你要用一生來償還她的恩情。」米沙爾的外公說。

我問老人家米沙爾的生死，老人家閉目仰首，眼淚涔涔而下。

此後我被安排到香港，靠着老人家的幫助，開展我的事業。米沙爾已死，遺孤是僅得三歲的小公主。

據老人家說，小公主的命運已成定局，就是一個活死人無異。「有需要時，你要為小公主犧牲，此後，拉希德就是你的聯絡人。」

我們絕少往來，連公主的名字樣貌也不知道。我有留意拉希德的一舉一動；而我知道他也有留意我的一舉一動。少年人迅速成長，二十年間，已成為阿拉伯最有影響力的人之一，不過卻相當低調。我的感覺告訴我，有權有勢的拉希德，快要為公主出擊。

果然，不久後，我收到拉希德寄來的包裹，內中有一部單向通話手機。拉希德說，小公主的嬸嬸最近成功擺脫專制的丈夫，他想趁此機會，製造輿論，救出小公主。

他沒有向我透露詳情，我只知道，由AI寫出一個電影劇本，假裝在杜拜取景拍攝一部戲，小公主會客串一場戲，用以宣傳杜拜的人權狀況。最後一天，會有沙漠爆炸的場景，屆時拉希德會向外宣稱，因為道具失誤，小公主當場炸死。

我要做的事，就是成立音樂製作公司，承包電影內的所有音樂製作。

既然一切是假的，我便安然接受任務，還派出愛徒提提參與其中。我沒有向提提透露計劃；她一心一意以為去杜拜。

可是，提提失蹤了，我才醒悟，我並不認識這個人，我不應該輕信他。

近日，我開始被監視，除了報警，我想不到有任何方法救提提。但我不能直接走去找警方，於是我想到一個迂迴的方法；先去領事館尋求庇護。順帶一提，自從倫敦機場事件之後，我增加了求生意識，多年來，想方設法，申請了幾本不同國家的護照。

負責錄口供的阿慕追問：「你知道電影拍攝的地點？」

宋文搖頭：「我就是不知道才尋求幫助，唯一肯定的是在香港某處。」

阿慕情急：「當然在香港某處，沒有出境呀——且慢，拉希德是怎樣瞞天過海的？」

宋文説：「是植入VR眼鏡。當提提説要去做身體檢查和打混合防疫針時，我起了疑心，既然不會離開香港，為的是什麼？一次和拉希德通話，我大膽問他原因，他坦白告訴我，會虛擬機場實境，讓她以為出了境；在虛擬機場給她喝有安眠藥的飲品，一睡不醒……他叫我放心：有少許不適反應，三十天後，VR眼鏡會自動溶化排出體外。」

為了節省時間，高皆他們在另一房間同時聽取了宋文的口供，一方面研究那部手機，阿慕錄完口供也走了進來。

在另一個房間，高皆他們在研究那部單向通話手機，手機剛不久內部小爆炸，變成碎片，簡單説是手機自殺，毀屍滅跡。宋文的口供非常清楚，釐清事實，不過對救回人質一點也沒有幫助。

疑犯、人質都不知所蹤！

這個時候，負責看管宋文的AI有方傳話：宋文先生説，想起一些或許有用的資料。

19

「計劃可能受破壞，你提前離開杜拜吧，我派專機來接你，先來我身邊，等所有事辦完，我親自送你去法國。」拉希德掛電話給謝克哈。

「可能被破壞？你在哪兒？」謝克哈擔心的卻是舅舅。

「在香港，只是有這可能性，這些你都不用管。」

「萬一給父王發覺——你會有危險，還是取消計劃吧。」謝克哈提議。

「沒人可動我一條狼毛！你照我説話做就可以了。」拉希德笑了一聲。

「最後一場戲，我還是想看，看自己如何灰飛煙滅。」謝克哈服從了，不過提出了要求。

拉希德想一想道：「我安排你在飛機上看吧！」妥協了。

雙方掛斷了。

謝克哈環視房子，看見Massaar在貴妃椅上躺着。

走過去抱起牠：「Massaar，我要跟你道別了，對不起，我不想的。多謝你這些年陪伴我。」

一下一下掃着Massaar的毛髮，最後，抱緊牠，哭泣，雙肩抖動。

20

拍攝最後一天，提提演奏佛瑞的《安魂曲》。

說到《安魂曲》，大家只認識莫札特的《安魂曲》。阿拉伯公主卻欽點了佛瑞的《安魂曲》作整個電影編曲的總結。

安魂彌撒原是天主教徒追悼亡魂的一種儀式，後來逐漸從儀式中獨立出來，成為音樂會形式。一般安魂曲以對死亡的恐懼為主調，但佛瑞選擇呈現祥和平靜的曲調，來歌頌懇求獲得寬恕的極美禱告。

一八八八年首演之前，佛瑞父母先後去世，大眾以為他以《安魂曲》悼念雙親，佛瑞卻說是「自我滿足」。一直在教堂擔任合唱指揮和彈管風琴的他，參與過數不盡的葬禮，一早萌生還死亡真面目的音樂想法。他擺脱絕望和悲壯的曲調，換上「一種快樂的救贖希望；一種能觸及永恒的未來，而不是為了逝去者的哀傷」。

被嘲笑為「死亡搖籃曲」的佛瑞《安魂曲》，大多採用小調，風格簡潔平靜，遏止其他安魂曲不斷擴張的趨勢，盡可能透明、柔軟。

提提演奏五個樂章的選段，告示人們安息時，是含笑告別人間，而非害怕地獄的來臨。

21

明天煞科。郎雄彥喊萬歲，邀請所有工作人員晚餐。

二十天的緊密拍攝，大家合作愉快，NG鏡頭不多，拍攝順利。導演、演員都說已經習慣了彼此的工作方式，往後希望還有機會合作，連黑鳥明菜都這樣說。三個演員和導演、副導同坐一枱。幾杯下肚，把話放開來了。先是提提問副導西瓜刨：

「西瓜刨真的是你爺爺？」

「無花無假！」

「可是，我上網查過，你爺爺哨牙，所以叫西瓜刨。你沒有哨牙！」

「哨牙是假的，拍戲需要嘛。」阿禮搶先代答，「形象設計這回事，早就有了。」

這個時候，郎雄彥望一眼西瓜刨，西瓜刨又望一眼郎雄彥，兩個人都欲言又止。

郎雄彥喝一口酒（其實在杜拜是不能喝酒的，他以為公主特准）壯膽，對副導說：

「我心裏一直有一個疑惑，但怕你們笑我外行不敢問。」

副導哈一聲：「咁啱嘅，我心裏也一直有一個疑惑，但怕你們笑我外行不敢問。」

郎雄彥高興道：「你先問。」

西瓜刨卻說：「你問先。」

郎雄彥推辭一下，說：「咁我問先。我見你們拍戲，經常戴着一個眼罩，戴一陣又除下，又戴上，到底是什麼玩意？我覺得似VR眼鏡。但沒道理要戴VR眼鏡，是先進的電影科技？」

噹——哐——

阿禮和西瓜刨的酒杯同時掉在枱上——張口，投來疑惑的眼神！

「這——」

郎雄彥尷尬，搔頭，「不方便說?行業秘密。算了，當沒有問過!」

「喂，為什麼不回答，難道是透視鏡，透視人體……拍四級片。」提提嘩嘩大叫。

「當然不是……」西瓜刨滿臉通紅：「其實真的是……」

郎雄彥立刻出來打圓場：「副導，我問完了，現在由你來問我。」

西瓜刨定一定神，道：「我的問題跟你的相關。怎麼說呢，開鏡之前，我還擔心演員不能戴眼鏡，會不知道如何走位。可是，你們通通好像有內視鏡一樣，走位分毫不差。難道有什麼『演員不會告訴你的秘密』?」

噹——哐——

輪到三位演員的酒杯跌在枱上!

場內一片死寂。之後，阿禮為各人扶正酒杯，打哈哈一輪，但席上各人頭上都打了大問號。

這個時候，Carrie 走過來。

「導演，明天最後一場戲了，還未見駱駝和公主！」

「我知道駱駝和公主仍未現身。杜拜那邊的聯絡人叫我放心。」阿禮不耐煩，Carrie 每天都問！

「不如問公主的保鑣，好嗎？我可以用 Google translate。明天中午拍公主，我們的時差是四小時！」Carrie 不放棄。

時差？杜拜那邊？三個演員你眼望我眼。

「你都唔肯定係唔係保鑣，唔好煩導演啦！」西瓜刨揮手打發 Carrie。

宴席在各人滿腹狐疑中散開。

＊　＊　＊　＊　＊

西瓜刨關上房門，問天花板：「他們不知道沙漠是虛擬的？一直不知？」

＊　＊　＊　＊　＊

提提淋浴，關上水喉時自言自語：「難道想有透視眼，就人人都有透視眼？」

＊　＊　＊　＊　＊

黑鳥明菜走出露台，望向前方，喃喃自語：「這兒不是杜拜？我在哪兒？」

＊ ＊ ＊ ＊ ＊

縱使有多少疑點，一覺醒來，都是帶着愉快心情去沙漠，最後一天，明天就可以踏上歸途。沒人不戀家，最喜歡的角色，還是做回自己。

上午的重點戲份是黑鳥明菜，她飾演的亭拿女子，是參孫的初戀，參孫一看見她，便要父親下聘禮娶她。一個謎語，改寫了他們的命運。

尋尋覓覓。所有被殺的亡魂都上來報仇了，但仍不見到上主來釋放眾生靈魂——然後，《安魂曲》奏起，亭拿女子出現，再沒有怨恨，音調祥和安靜，靈魂的躁動猛然舒緩，盲眼的參孫流下眼淚，原來因為她，因為初戀。亭拿女子走過來，撫摸參孫長得像森林的頭髮——

「Cut！」副導大喊一聲。

「噓！」

鬆一口氣！導演身子靠向椅背，閉上眼；依然穿着戲服的黑鳥明菜，走去和眾人握手，多謝大家關照；副導帶頭拍掌，然後有人加入，掌聲最後匯成齊整的雷動。

下午拍公主騎着駱駝踏着細沙而至，她代表上主，宣佈眾靈魂得到釋放，可以安息。其他人都沒有戲份？差不多啦，只需站着，一齊望向宣告天恩的使者。

「我先回去收拾行李，下午來探班。」提提一面蓋上大提琴一面說。

郎雄彥和黑鳥明菜答應了。

提提向度假村走去——被認為是公主的保鑣向沙漠走來——

22

拉撒路走回提提的房間休息。

牠已掌握了提提的日程；這個時間，她肯定不在房間內。可是——

嚓——

外頭傳來刷門卡的響聲。

拉撒路毛髮直豎！老人家心血少，腳軟，差點尿了！

提提哼着《安魂曲》，開門……手指定在門把上。

「吓——」

你眼望我眼！一秒、二秒……五秒。

「喵——」

還是拉撒路先打招呼，提提才定過神來，關門，走過去，抱起拉撒路。

「是你！拉撒路，還是一模一樣的貓兒？」

「喵——喵——」（沒錯，就是我。）

「噢，你怎會在這兒出現，真是不可置信……原來我不是發夢，你真是在帳幕裏，我一喚你，你就竄入我的包包！可是——且慢——」

提提放下拉撒路，直面牠：「你怎麼通過安檢的，不可能啊，兩邊機場的安檢——咦！」

提提放下拉撒路，坐到牠身邊，抱膝，自言自語：「說真的，我也不覺得有通過海關呢，甚至，有沒有坐過飛機，不肯定……只不過想當然有出境有上機吧，一點印象也沒有。」

「喵——喵——喵——」（我不知道你說什麼。）

忽然，提提面色一白，衝往露台，她往遠方望去——

鳳凰山！今趟非常肯定！我在香港，我真的在香港！

提提砰砰心跳，到底發生什麼事……她又想起昨晚席上的交談……她完全不知道發生什麼事，反正，不會是好事，何況這幾天已無法聯絡宋文——

幸好明天就離開了，不然今天走也可以，反正不用等飛機。

「也要通知其他人！」

提提匆匆胡亂收拾行李，把拉撒路抱入包包，去前台 check out。放下行李，抱住 Di Bag，奔跑去沙漠。

23

謝克哈在飛機上。

飛機一直往東方飛航，最初看見熟悉的景物，然後景物縮小，最後什麼都看不見了，她被不斷變化的雲層包圍。謝克哈吃了點心，戴上眼罩躺下睡覺。

她夢見媽媽，又夢見 Massaar，最後，一個由遠而近的影像，手上拿着彎刀……爸爸！

「呀——」

謝克哈全身是汗，驚醒，拿下眼罩，看錶，杜拜時間，還差五分鐘便是早上八時。她望向窗外，依然給雲霧包圍，而且極厚重，灰壓壓的，在杜拜，謝克哈絕少看到這樣的一種雲層。

24

「幾年前，我去大嶼山行山，看到一幅很大的空地。」宋文説。

「這幅空地，為何引起你的注意？」阿慕問。

「這幅空地用鐵絲網圍住，上面掛着一個牌子，用中英文書寫，是私人土地，不得擅闖。看似尋常，當我快要離開時，腦海裏卻跳出一個似曾相識的圖像。我返回空地，再朝牌子細看，果然發現一個細小的相同圖像。那是一個阿拉伯圖騰家族，是米沙爾的家族圖騰。」

「米沙爾是誰？」太多名字，阿慕給搞亂了。

「就是我的初戀。」宋文直接說。

「哦，那麼說，土地屬於米沙爾家族的，那就極有可能由拉希德管理。」

宋文點頭：「我記得提提說，會入住杜拜沙漠度假村，為此還非常興奮。我想這幅地會否用來興建度假村？這幅地，可以遠眺鳳凰山。」

「老闆！」阿慕抬頭，望向 CCTV 說。

又回頭跟宋文說：「希望你的推斷是真，你可以贖罪，找回愛徒。」

另一個房間，高皆他們立刻查看 Google Maps，阿慕也旋風似的走進來。

「怎樣？」

「做緊嘢。」阿樸答道。

「讓我來！」

阿慕才是正式的IT人，所有人圍住電腦。

「呀，找到了，就是這兒。」阿慕眼睛發亮，指住島嶼最南端。

「哪兒？」眾人紛紛問。

「這兒，這兒，一個看似度假村的建築羣。」

忽然，Google Maps 變得模糊。

轟隆——轟隆隆——

眾人抬頭，快要下雨？

25

「吓！」

拍攝隊全掉下巴了！所謂的阿拉伯公主和駱駝原來是AI！

「我應該一早就想到，為何我這樣愚蠢！」

看着披着頭巾的一眾男兒漢走入拍攝場地；看着他們把公主和駱駝AI設置到沙漠——動作迅速流暢，Carrie 自愧不如，不是保鑣，是IT界精英中的精英。

「我們在香港，我們在香港！」

遠處有人叫嚷，大家轉身——

提提一面喊，一面意圖衝進來，給守在外面的阿拉伯男子攔下。

「放開我，放開我！」

雙方拉扯，Di Bag 給扯跌在地上，拉撒路從袋子逃出來，往虛擬沙漠竄去。

阿拉伯男子的通話機響起——

「放那女子進來，一齊炸死，不留活口。」說的是阿拉伯語。

男子放開提提，提提拾起地上的 Di Bag，奔跑，迎面來了 Toby。

「殊——安靜，快要 camera 啦！」Toby 阻擋提提。

「我們在香港，我們沒有去杜拜！」提提氣急敗壞。

「當然是香港，當然沒有去杜拜，你怎麼啦！」

提提一窒：「你知道？」

「我當然知道，我有份安排的。」Toby 得意地說：「你安靜吧！快快拍完最後一場，收工啦！」

「當中一定有陰謀，我們不知道！」提提跳上跳下。

「就是一套戲的謀算囉！」

提提好沒氣，不理Toby，向前奔。

「喂——安靜，一定要安靜。」Toby緊跟提提。

這個時候，天空發光，連番閃電。

26

透過飛機上的廣播，拉希德着謝克哈安坐，戴上VR眼鏡。一戴上眼鏡，拉希德看見自己騎着一匹駱駝，在沙漠上昂首闊步。

「呀——」

拉希德搗口，心情激動，這個畫面似曾相識。她在曾祖父家中看見過一幅照片，照片中的媽媽也是這樣騎着駱駝在沙漠嬉耍！

原來我很像媽媽！媽媽復活了，媽媽的靈魂在沙漠活過來！

淚水止不住，眼鏡都模糊了。

「你怎麼啦！」拉希德問。

「沒什麼！」

謝克哈抹掉眼淚，看錶，依然是杜拜時間——

還差十分鐘是早上十時。

「十分鐘後，我就要灰飛煙滅？」

拉希德說是，又補充：「聯合酋長國全部電視轉播，他們要看的，就是這個畫面……一旦沙漠爆炸，一定目定口呆。我已經知會酋長們，會同時傳送去全球主要的傳媒，就算讓他們知道真相，也別無選擇，只可按着我的劇本演下去。」

謝克哈重新戴上眼鏡——畫面上多了數個圍觀的人羣。

「他們是什麼人?」

「幾個主要的孤魂野鬼,你一出現,他們的靈魂就得到安息。」拉希德說。

原來這樣!原來我是解救使者!

「咦!」

有點放心不下。

「舅舅,你確保炸藥是假的?純屬煙幕?」

「哈哈——哈哈——」

謝克哈聽到舅父狂笑,甚至笑得喘不過氣。

「舅舅!」謝克哈急了。

拉希德喘定:「就算拍戲,也要拍得逼真。那些酋長隻隻都是老孤狸,要真死人他們才會相信,純粹放煙花,騙不了他們——」

「不——」謝克哈大喊。

「謝克哈，謝克哈……聽我說，你要生存，抑或是別人生存？」

「不可以一同生存？」

「原本可以，可是計劃屢次受挫，連宋文都在接受調查……要外界相信你真的死了，就只有這個辦法。」拉希德說得決絕。

「……」

謝克哈再望一眼沙漠，頹然，摘下眼鏡，無力地喊了一聲「媽媽」，抬頭，飛機外漆黑一片，烏雲滿佈。

要下雨？

謝克哈重新戴上眼鏡。

「咦！」

沙漠上，無端跑來一隻貓。

＊　＊　＊　＊　＊

阿拉伯男人像潮水一樣湧來，又像潮水一樣退去，現場只剩下攝製隊……

「怎麼跑來一隻貓，快抱走牠！」

鏡頭下，拉撒路竄來竄去，攝製隊亂作一團……「拉撒路！」提提在場外大叫……工作人員愈趕，拉撒路愈驚，牠撲向AI公主——

＊　＊　＊　＊　＊

「Massaar！」謝克哈大驚失色。

「不是Massaar，你看清楚！」拉希德大叫。

「是Massaar，是牠，牠來叫我不要殺人！」

* * * * *

轟隆——

轟隆隆——

一滴，兩滴——

轟隆——轟隆隆——

嘩啦啦，傾盆大雨！

黑鳥明菜和郎雄彥伸手——

下雨？在杜拜沙漠下雨？

＊　＊　＊　＊　＊

「怎麼辦？」負責爆炸的人向拉希德請示，「快要做轉播了，杜拜那邊陽光普照。」

怎麼辦？拉希德也不知怎麼辦，真是人算不如天算，又有貓又有雨！

＊　＊　＊　＊　＊

「舅舅，下雨了，連天都不容！你不收手，我以後都不用呼吸器！」

謝克哈把呼吸器扔到地上，一腳踩碎它。

＊　＊　＊　＊　＊

轟——胡——胡——轟——

眾人抬頭！

伴隨着雨，大嶼山上空出現有香港警察標誌的直升機。

27

「拉撒路，拉撒路！」

Summer 走過來，抱起拉撒路。

「還在看雨？這場雨還不知要下到什麼時候呢！」

Summer 一下一下掃着拉撒路的背，也望向窗外！

「喵——」（快下完了。）

「快下完？你認為？那就好。那家開在大嶼山的杜拜沙漠度假村，因為缺少新資金，要結業啦。夏先生説今天要請我去 Ai Dinan 餐廳吃阿拉伯餐。」

以利亞與我們是一樣性情的人，他懇切禱告，求不要下雨，雨就三年零六個月不下在地上。他又禱告，天就降下雨來，地也生出土產。

——雅各